锐
小说

黑司街的纸钱

马大湾 著

南方出版传媒
花城出版社
中国·广州

图书在版编目（ＣＩＰ）数据

黑司街的纸钱 / 马大湾著. -- 广州：花城出版社，2017.1
（锐·小说）
ISBN 978-7-5360-8249-6

Ⅰ. ①黑… Ⅱ. ①马… Ⅲ. ①长篇小说－中国－当代 Ⅳ. ①I247.5

中国版本图书馆CIP数据核字(2016)第311930号

出 版 人：詹秀敏
责任编辑：文　珍　　周思仪
技术编辑：薛伟民　　凌春梅
封面设计：棱角视觉

书　　　名	黑司街的纸钱
	HEI SI JIE DE ZHI QIAN
出版发行	花城出版社
	（广州市环市东路水荫路11号）
经　　销	全国新华书店
印　　刷	广东新华印刷有限公司
	（广东省佛山市南海区盐步河东中心路23号）
开　　本	880毫米×1230毫米　32开
印　　张	8　2插页
字　　数	140,000字
版　　次	2017年1月第1版　2017年1月第1次印刷
定　　价	32.00元

如发现印装质量问题，请直接与印刷厂联系调换。
购书热线：020 - 37604658　37602954
花城出版社网站：http://www.fcph.com.cn

我只带了一把刀　却卷入了一场枪战
——英伦俚语

黑司（Hayes）街位于黑司区，在伦敦西部郊区，历史上曾隶属于肯特县。
——维基百科

目 录

卷　首	1
跟柏林说再见	3
跟巴黎说再见	23
纸钱的黑司街	73
坐牢的前戏	93
牢狱之灾	153
跟伦敦说再见	239
后　记	251

卷　首

　　这是一个叫明必的中国男孩在伦敦坐牢的故事。说明必是男孩有些牵强，他毕竟已经 30 岁了，一定要说是男孩，也只能算是个老男孩了。

　　明必的父亲是一个中学地理老师，有几分木讷，几乎没有任何幽默感。他无论如何没想到，他给儿子的这个文绉绉的名字居然会与冥币——死人用的钱谐音。在中国，死人也要用钱。

　　而在一个叫梅依依的姑娘嘴里，冥币不重要，明必也不重要。但每每叫他名字的时候，她总会笑。她说叫冥币莫不如直接叫他"纸钱"。他爱她，她叫他什么也觉得无所谓。死人用的钱，对于活人无论如何也重要不起来。

　　梅依依是谁？梅依依是让明必痴迷的一个女孩。梅依依比明必小 5 岁，他们相识时，梅依依整 24 岁。说她是女孩，应当应分。

　　明必对梅依依狂热的迷恋是常人无法理喻的，而这个女孩却不爱明必。他们的关系就是这么奇怪，奇怪而简单。

跟柏林说再见

1

故事开始时，明必已经是孤身一人。在他眼中，他从未主动想去离开某个人，因为他胆子小，小到不可思议。

他在这个故事开始之前已经结婚了，当时才27岁不到，这场婚姻仅仅维系了一年。他们俩的故事发生在德国柏林。

他三年前结识了比他大2岁的莉亚·詹金斯，也就是他的前妻。两个人像其他大多数情人一样相恋了。一年后，在没有任何征兆的情况下，明必果断地向她求婚，莉亚答应了，二人随即在当月就举办了婚礼。

结婚后的第二年，又是明必坚决地向莉亚提出离婚。莉亚·詹金斯是一个性格温婉的女人，在明必面前她更像一只温顺乖巧的小猫，从来都是默默地在他身边注视着他的一举一动。不管生活中发生多大的变故，莉亚对他永远满怀着虔诚的执着。

直到他们离婚前夕,她对他的照顾和体贴都是无可挑剔的,而明必的情绪却变得十分难以捉摸,并且脾气暴躁,简直糟糕透顶。

他尤其厌倦莉亚的那种沉默,不论大小主张,他向来都是两个人中那个做决定的人。对于莉亚来说,明必便是一切,她的欲望里充满了对明必的爱,只要明必在,那么她自己的位置可以低到不能再低,这是她的本能。

明必在很长一段时间里认为他们婚后的生活是一团糟的,他也时常悔恨自己当初求婚的决定。

按照明必对莉亚的说法,他们两个离婚有如下原因:一、莉亚根本不想跟他结婚,她答应结婚是她不知所措的一种表现;二、他自己发现婚姻没有改变他之前对生活的种种厌恶,反之,他似乎更憎恨生活了。

这两点原因是明必认为必须解释给莉亚的,他是男人,他有自己的一套逻辑。

莉亚什么也没有说,也没有追问,脸上不带一丝表情地离开了家。

离婚后的几个月里,他曾经不止一次找过莉亚,完全是出于对独自一个人生活的不适应。她每次先是直截了当地拒绝与他重归于好,但她还是没拒绝他见面的要求。

明必每次都要强调莉亚曲解了他的意思,他并非想和莉亚重归于好,只是想见个面,叙叙旧而已。两人见面了,吃了饭或者喝了茶，最后还是回到了明必的住所，睡在了一张床上。

从她面对明必时平和的面容和语气不难看出，她对他和从前一样，没有任何的憎恨和不满。莉亚是一个善良的人，而他的冷淡无情丝毫也没有影响到她对明必的感情。每当他们俩做爱之后，他会把身子放松在床上，望着天花板，莉亚依偎在他的怀里。

明必对她说："那是性格所致，认清这一点吧，越快越好，不是吗？"莉亚则紧紧地抱住明必的手臂，像往常一样什么也不说。她享受着能和明必亲密的每一秒钟。

第二天早上，莉亚会为明必准备早饭，之后悄悄地离开他的住所，每一次都是。

他最后一次见到莉亚是两周前，莉亚站在他住处的门口静候他的出现。明必当时是接到莉亚的电话才匆忙赶回去的。莉亚已经站了有些时候了，脸上露出一丝疲态。他问她为什么不进去坐下来等，莉亚摇摇头，什么也没有说。她知道他的备用钥匙放在蹭脚垫的下面，另外她那里还有一把他公寓的钥匙，那是他亲手交到她手上的。

明必打开了门，请莉亚进去说话。莉亚没有动弹，再一次摇摇头。她不想再进去了，再也不想了，因为那样只能让她更难过。

明必轻蔑地叹了口气，因为他已然猜到莉亚接下来将要对他说的话……莉亚有些哽咽地告诉明必，她认识了一个男人。

她说，她好像爱上了这个人。

她觉得她如果再来见他，会让她爱的那个人不愉快。莉亚希望明必能够理解她的处境，请求他不要生气。莉亚从她的手袋里掏出那把钥匙递给他。明必接过钥匙，歪着嘴，点点头，说了句谢谢。莉亚摸了摸明必的肩膀，表情略有些难过地盯着明必。明必看看她，很无奈。

莉亚问明必："你会恨我吗？"这时她的手仍然停留在他的肩膀上。

明必合上了歪着的嘴，笑着说："走吧，离我远点。有人比我更需要你……滚吧，我恨不恨你，跟你没有关系，那是我的事。"

莉亚依依不舍地拥抱了明必，他试图躲开，但她抱得十分坚决，明必用了很大力气才勉强推开她。没等莉亚走下楼梯去，明必已经进了门，然后狠狠地甩上了房门。

莉亚的眼泪马上就要滴下来，她的心一定是难过极了，但眼神里还是透露出对明必的担忧。莉亚仰起脖颈，强忍着眼泪，离开了他的住所。

而明必进门后一头栽在了地板上，显得极其郁闷。这下子他真的只有一个人了，他不可能再去找莉亚来为他排解寂寞的痛苦……他低着头，用莉亚还给他的钥匙在地板上划来划去，留下一道道白色的印记。每划一道，下一道就更深更狠，好像每一道对于他来说都意味深长似的。

明必慢慢地起身，用他的右手颠了一下莉亚还给他的钥匙，然后使足全身的力气将钥匙扔向走廊尽头的镜子。镜子被砸得稀烂，走廊里，甚至卧室里，到处都是细小的玻璃碎片。明必穿着皮鞋，毫不在乎地从碎玻璃上走了过去，衣服也没脱，就一头倒在床上，睡了过去。

第二天早上，明必起来后去超市买来了三副胶皮手套。他把三副都套在了手上，戴到第三副时，由于胶皮发涩的缘故，已经十分困难。他小心谨慎地，一片一片地，把所有的碎片拾了起来，丢在了一个布袋子中。

为什么他要如此愤怒？其实原因很简单，因为莉亚的生活继续了，而他自己还在这里，还在原点……他穷酸地过着之前的日子，作为一个没什么名气的作家，他仍试图去写一些小说，而生活本身却是乱七八糟的，少有乐趣。

与莉亚最后一次见面后，明必时常向自己发问："我到底恨不恨她？我难道嫉妒她的生活？嫉妒她过得比我强？""绝不可能，我是不会嫉妒一个像莉亚这样的女人的，嫉妒只会让自己变得低贱，我绝不会那么做！"

在明必的臆想中，莉亚过得比他差多了，这是他故意编造的假象，因为他根本不清楚莉亚现在过的是怎样的生活。明必不仅编造，还要告诉自己莉亚是如何如何想象他的。他内心感慨："她（莉亚）的一辈子已经因为我的消失而丧失了所有意义……这样说来，她活着的意义也不大了……但只要明必这个人没有咽气死掉，在她的脑海里就会永远有一丝对我的念想,她就会去找别人来代替我,最后发现我才是她生活中唯一无法被取代的……而除了我,她还拥有什么呢?想必没剩下什么了吧……她想的还是我,不管她所谓爱上的那个人长了几个鼻子,胳臂多长,屁股分成几瓣……"

逐渐地,明必脑子里编造的一切都已经变成了他以为的真实,谎话说上三遍,即会成为现实。这一切对于他来说,才是真切且不可动摇的记忆。从那以后,明必便不再对莉亚的事情感兴趣了。

自那以后,他似乎进入了一种平静但又死气沉沉的状态。他几乎一天也说不上一句话,如果说了几个字,也只是自言自语。

他尝试去写作,为此他丢弃了所有可能会影响到他写作的东西,其中包含大量与莉亚有关系的物件——衣服,她用过的浴袍,写给他的便条,听过的唱片,甚至莉亚和他都喜欢吃的饼干,诸如此类的。

几天过去了,他连半个字也写不出来,他大多数时间只是在一张白纸上乱画,然后再涂掉,浪费墨水。要是他拿起一本书来读,看上几行就又合上,书被乱放,厨房的餐桌上一本,沙发上一本,床边更是摞了一大堆书和杂志,还有脏兮兮的旧报纸。

整洁对于原来的明必来说是多么重要,他不可能忍受这样的杂乱无章,他会发疯,宁肯毁了一切,也不可忍受这般的脏乱。

明必自我安慰的能力是惊人的，他因脏乱而愤怒，但当他只身一人时，他不会把这种情绪表露出来，他更愿意把一切的责任都推到别人身上，推到甚至已经与他生活毫无关联的人身上。明必恨他们曾经出现过，凡是出现过的便多多少少打扰过他。

他内心希望他们过得不好，不是因为他恨这些人，而是他不愿意恨自己罢了。在明必的眼里，他们都应该下到地狱里，那是早晚的事情。

2

在柏林的莫阿比特区有两条很特别的街道，一条叫胡腾街，另一条叫贝尔利辛根街，它们分别以 15 世纪的两个德国人命名。贝尔利辛根街之所以特别是因为那里有一个废弃了的西门子工厂，几十年前生产过涡轮机，而不是电冰箱。

胡腾街是明必常去吃饭的地方，因为那里的馆子便宜实惠。

过了三个礼拜后，明必不得不去附近的药房买些止咳的药水和消炎药，他每晚都咳嗽，这使得他几乎无法入睡，就算睡着了，也会被肺子的痛感和嗓子的干痒折磨醒，之后就再也睡不着。他无意中抽的那根烟只是一个引子，其实他的身体早已经积攒了各种有害的细菌和炎症,这都与他之前两个礼拜极度不健康的生活习惯有关;他的脸色难看透顶,比饥荒时的难民还要恶劣。

从他的寓所出来,单单是下上个二十几级楼梯都要咳嗽半天,呼吸困难。就这样,他捂着自己的胸口,强忍着疼痛走到了外面,终于呼吸到了一口久违的新鲜空气……瞬间,咳嗽停止了,病似乎也好了一半,但是他的胸腔还在隐隐作痛。

明必实在太虚弱了,他像一个营养不良的孩子,走上两步就要扶墙站上一会儿,但呼吸到新鲜空气还是让他振作了许多。他暗下决心,不能再憋在家里,否则他不久就会死,孤独地告别这一生。

他试着多走上几步再停下来休息,但以他当下的身体状况,这几乎不可能完成。他勉强走进了药房,已经开始大口大口喘气,一只手用力撑在柜台上。药房的护士见势马上倒了杯温水过来,递给明必喝。明必这会儿看上去和一个病入膏肓的乞丐差不多,眼睛里一点光芒都没有了。

他轻声地对护士说:"请给我消炎药和……止咳的药水。"

话音未落,明必又开始猛咳起来。他干脆将屁股沉甸甸地砸了下去,身体像一堆沙子一样绵软无力。护士扶他起身,搬来了一把椅子,然后把药帮他装好。明必接过药直接拆开,吞了几片,他也顾不上数了,喝光了一整杯水;接着又拧开了止咳药水,直接喝了一大口。

护士问他要不要再来点水,他无力地摆了摆手,合起了双眼……过了一刻钟,明必不情愿地被药房的人叫醒,迷迷糊糊地站了起来,尴尬地张望了一下四周。他好像好些了,不知道是消炎药起了作用还是这昏死的一会儿让他得到了休息,反正他的脸色比刚走进来时要强上许多。护士向他解释道,他不可以睡在这里,还问他是否需要去医院。明必反应迟钝地盯着那位护士的脸,语速缓慢地说:"不用了,谢谢您。"随后,他摇摇晃晃地走出了药房。这时的阳光有些明亮,他眯着眼睛看了看路牌,确定了自己所处的位置。明必平时的方向感很好,他随时随地都可以辨认东南西北,但现在的他却有点蒙了,他先是往左手边走去,走出几步又回头张望,然后又改变了主意,朝相反的方向走。他一定是饿了,他急需一些热量高的食物来填补一下他的肚子。他朝胡腾街走,从他摇摆的背影看去,还以为是一名整夜宿醉的酒鬼。

在涡轮机厂的对面有一家伊拉克人开的清真肉店。他们除了卖生肉(当然是牛肉和羊肉)以外,还经营一家小吃部。那里是当地阿拉伯人的聚点,也是明必经常光顾的地方。他们做的烤肉和烤饼是明必最喜欢的。小吃部的店面不大,里面烟熏火燎,站着几个毛发很重的阿拉伯人烤肉卖肉。

明必站在窗口,他要了两份烤肉卷饼,还叫了一大杯茴香酸奶。这是他正常食量的两倍，甚至更多。

等待的时候，明必又打开药水喝了一口，这引来了身边其他食客诧异的目光，他根本顾不上那么多，紧接着又灌了一口。等到他的那份好了，他便像野兽一样吞噬起来，毫不夸张地说，他仅用了十几秒就吞下了一整份烤肉卷饼。吃到一半，还差点噎到自己。

他手里拿着另一份烤肉卷饼，并没有急着吃，他需要消化一下刚才的那份才行。

明必盯着对面涡轮机厂高耸的窗户看，心里想，厂房里面的格局一定很有意思，一定和他想象的有很大差异。每当路过那所厂房，他就被其深深吸引；每次他来吃饭时，都要安静地站在那里瞧上它一会儿，这次也不例外，尽管他刚从鬼门关爬回来。

明必从小就着迷于各种废弃的工厂、住宅，它们让他感到畏惧。他从来不敢走进去，就算有人陪同也要考虑一下。他会不由自主地耽迷于对废弃空间的想象，最初的畏惧会转变为好奇，好奇随之转化为勇气。当他每每来到废墟前正要进入的时候，勇气又变回好奇，而好奇瞬间变回畏惧。

以前的明必会后撤半步，出于虚荣，尽量慢慢地转身，身体自然地抖了抖，装作没打算进去的样子。现在的他相比以前要诚实许多，他只会站在远处看，不会靠近，也不想进去。他觉得那样太累了，何况眼下又是这么一副病怏

跟柏林说再见／13

快的姿态。

由于天气的缘故,烤肉卷饼已经变得有点硬了。十一月份站在柏林的大街上吃东西已经让人感到不舒服,站久了手会冻得发麻。

明必咬了几口肉,刚才已经被第一份烤肉卷饼暖过的胃又开始了新一轮的工作。他紧接着又快速地咬了几口,胃变得更暖更强壮了,胃中的暖意像酒精一样在身体里挥发,通过血液迅速地传向五脏六腑。这样的惬意好像只能产生在食物和饥饿之间。他这下算是彻底回了魂。

要说第一份烤肉卷饼只是为了充饥,增添必需的能量的话,那么第二份才算是真正的享受。明必舌头上的味蕾重新恢复了知觉,他正美美地享受着烤肉卷饼的香甜……这时,他的电话开始在大衣的口袋里振动,屏幕上显示的是一个陌生的号码。他迟疑了片刻后接起电话,不小心弄掉了一块烤肉。他有些心疼地看了一眼已经落地的那块美味。

"喂。"

"您好,是明先生吗?"

"我是,您好。"

"我们是邮政服务,您有一个从科隆寄来的邮件。"

"好,我现在不在家,您帮我寄放在邻居家吧。"

"我们的快递员发现您不在家中,可以麻烦您的邻居代收一下吗?"

"可以，我刚才已经说了，放在邻居家。"

"明白了，我们会将邮件交予您邻居的……"

没等邮差说完，又有另外一个号码插了进来，是舒伯特。他直接挂断了邮政服务的电话。

"明必！"

"舒伯特！"

舒伯特是他的姓氏，他的全名是本尼迪克特依沃·舒伯特。他是德国人，名字从名到姓氏都是德国的。明必认为他名字中唯一好听的部分就是姓氏，所以他向来称呼他舒伯特。他们在高中时相识，虽说不是同年，但最终还是成了最要好的朋友。

"最近一切都好？"舒伯特问。

"还好。我离婚了，好像忘了告诉你。"明必不以为然地说。

"什么时候？！"舒伯特诧异地问。

"几个月前的事情了……"

随后几分钟里，在舒伯特步步逼问下，明必大概讲述了他离婚的过程。他只挑了几件比较关键的事情来说。舒伯特对莉亚并不熟悉，他们只见过一两面。

在明必与莉亚相处的那段时间，舒伯特因为工作去了巴黎，而且也没有参加好朋友明必的婚礼。他就职于巴黎一家世界闻名的风险投资银行，是一名评估员，也被称作金融分析师。

明必一直不明了舒伯特具体做什么，只清楚舒伯特大学时学的是跟金融相关的门类。

上大学的时候，明必便常对舒伯特说："不论以后你在哪里工作，做什么职务，在我眼中，这些勾当都是在骗别人口袋里的钱。或许是'合理'的骗，但其实和强盗没什么两样。"舒伯特从没有反驳过他，但也不代表他认同他的说法。

舒伯特向来性格温和，也不善于与他人争辩。在他眼里，明必有时是一个脑子里满是偏激想法的人。明必也明白这一点，并且认为自己不光在舒伯特眼里是这样的人，在许多认识他的人眼里都是一样。

舒伯特有一种特殊的忍耐力，因此他的人缘很好，朋友众多；可以忍受明必的偏执是因为喜欢他的为人，他更愿意把这种忍受看成一种理解，一种十分透彻的理解。他认为明必是一个内心孤独的家伙。

舒伯特说："那你现在一个人，还好吗？"

"还好，为什么不好呢？总之没有变得更坏。就在你打电话前吧，我差点就……算了，说点别的吧，我们好久没有见面了，说来有一年多了，嗯？"

明必本想把自己差点死在家中的事情告诉舒伯特，说到一半又改变了主意。

"是啊，我已经有一年多没有回柏林了……你最近在写文章吗？"

"说点别的吧,舒伯特,我请求你。我什么也没有写,眼下写不出来,很困惑,很苦恼……不提也罢。"

"听我说,明必,你现在急需要休息,换换心情吧,离开你熟悉的环境一段时间,一定对你有好处,相信我。"

"去到哪里?我刚从家里爬了出来,你可知道,之前的三个礼拜我连门都没出过一次……差一点,就差一丁点……"

"来巴黎怎么样?你可以住在我这里。我希望你能来,非常希望!"

舒伯特的邀请来得有点突然,明必一下子不知道该说什么,他完全愣住了。

"怎么样?就这么定了,明必,你即刻就去订一张明天飞巴黎的机票,我到时候去机场迎接你!"

明必犹豫片刻,看了眼手里拿着的烤肉卷饼。他此时此刻想听到一个声音,帮他做这个决定。

"好,我们明天巴黎见。"明必说。

"好,我到机场接你。"舒伯特高兴地回复他。

3

回到家后,明必从柜子上面把落满了灰的行李箱搬了下来,灰尘飘得满屋子都是,他又开始咳嗽起来,一发不可收拾,足足咳了几分钟,没有间歇。他的脸憋得通红,连忙又喝了几口止咳药水。但他咳嗽的声音显得比之前低沉多了，虽然咳得肺腔剧痛，但整个身体还是有底气了，不那么空荡荡了。

他翻开行李箱，发现里面有几件莉亚的衣服，他饶有兴趣地抖开来瞧了瞧，都是些夏天穿的轻薄衣衫，印着鱼鸟花草的图案。他特别不喜欢这类风格的衣服，尤其是当莉亚穿上身的时候，他马上会表示不满，然后怨气十足地劝告莉亚脱下来。莉亚可能因此也没再穿过它们，就收到了箱子里面，免得他再看到又要抱怨个没完。他把这几件衣服随意地团成一团，顺手撇在一旁。

大致装了几件应季的衣物后，叠都不叠，直接塞到箱子的空地方；明必还要带上几本书，这是他出门旅行的一个习惯，对于具体哪本书，什么样的书，他完全随意，没有刻意的要求。

收拾完行李后，明必从床头柜最下面的抽屉中取出一个淡紫色的铁盒子。那里面原来装的是巧克力糖，盒子是帆船的造型，上面花里胡哨地画了几个嬉笑的海盗和造型夸张的加农炮，完全是复活节时用来哄小孩子的。盒子里面分成上下两层，中间的隔层做得如船甲板一般；现在，上面一层里塞了几张皱皱巴巴的钞票，下面一层装着一本护照、若干硬币和一些颜色艳丽的瑞士法郎纸票。这些钱是明必无意中攒下的，大概有三千块（几张钞票是紫色的，面值为五百欧元）。

说"无意中"攒下的并不夸张，明必自打出生以来就没有攒钱应急的习惯，很长一段时间里，他甚至连一个银行账户都没有。

他将钞票一张张捋平顺，然后把它们卷成一卷，用一根皮筋捆住，像20世纪20年代很多美国人捆美元那样。

他一面翻看着自己的护照，一面嘴里哼唧："想多了没用，钱是用来花的……"这是最近他从广播中听来的一句歌词。

明必敲了三下隔壁邻居家的门。门过了大概一分钟才打开，迎面是一个满脸横肉的中年男人，身上只穿红色的三角内裤；他肚子上的肥肉几乎完全遮住了他的私处，满身长毛，又黑又密；还有脸上的青胡茬，仿佛已经从下巴直接连到了胸毛。屋子里传来电视的声音和一股浓烈的炸土豆味道。

明必不认识他，从未打过招呼，他应该是新搬来的。

"您好，我是隔壁的……"

明必刚要报上名字，他伸出他那只肥大且被汗毛覆盖了的右手，示意打住，他不希望明必继续说下去，一脸懒得听的表情，他已经明白了明必敲门的意图。

"稍等，包裹。"

他背对着明必，弯下腰去搬一件放在门口的重物。明必无法看见那是件什么东西，他的视线完全被他硕大的屁股填满了。他的屁股实在太大了，好像卡在两个门框之间，就要把门框撑裂。

明必不愿盯着他的屁股看,便无奈地向上面瞧去,瞧着楼梯间里不是很亮的灯泡。邻居捧着一个沾满血红色番茄汁的箱子转过身。

他气喘吁吁地对明必说:"别问我为什么,我什么也不知道,拿到我这里时已经这样了……"

随后他将手中的一纸箱番茄罐头递给明必,其中的一些罐头已经压裂了,番茄汁已经渗了出来。

他很不以为然地继续对明必说:"不要再让邮递员把东西放在我这里,如果再来,我也不会再收了。记住,不要再让任何人把任何东西寄放在我这里,我绝对不会开门。"

他面无表情,说完就关上了门。明必抱着那些番茄罐头回到家里,他把已经漏了的罐头挑了出来,丢到垃圾桶里。在箱子的底部,发现了一个信封,上面也沾满了番茄汁。

他撕开信封,里面除了一张支票外还有一张便条。便条是用打字机打的,估计那打字机的墨带几近干枯,字有的只打上了一半,并且颜色浅淡。

  明必,这里是拖欠你的稿费。已经有两年之久,甚是抱歉。抱歉!

  支票只开出了一百五十块钱,而剩余的那些钱,我已无力偿还,请求你原谅,这里再次抱歉。我彻底破产了，是真的，一分钱都没有了，所有的钱都砸在该死的番茄里了……长话短说，最后，一箱我工厂生产的圣马力诺番茄罐头，作为小礼物送给你。希望你一切都好。

你的朋友，
帕特里克·阿恩特

帕特里克·阿恩特是明必高中时的校友，也是他目前为止最后一个雇主，他以前在他办的一份杂志写过一些杂文，帕特里克给过他不错的稿酬，那正是明必手头紧的时候。

帕特里克曾是他那一届最优秀的学生，每门功课都拿1分（德国学校计分方式，1为最好，6为最差）。尽管这样，明必仍十分瞧不起他，以为他是他见过的人中最蠢的一个。

明必在学校的成绩属于最差的那一拨，最后勉强毕了业。他丝毫不同情帕特里克现在的处境，认为他写的纸条分明是为了感动他，但措辞实在太差了，何况他还欠钱不还。其实帕特里克的为人不坏，只是有时会斤斤计较。相比明必，帕特里克在高中时的朋友要多很多。

明必拿起其中一罐番茄，转圈打量起来，嘴里嘟嘟囔囔："圣马力诺番茄……你的朋友，帕特里克，哼，什么狗屁朋友，舔我的屁眼儿吧……"

跟巴黎说再见

1

明必第二天午时抵达戴高乐机场，取上行李后他便快步走向出口。舒伯特已经恭候多时了。他穿一身灰色的西装，白色的衬衫，扎一条深蓝色的领带，显然是平时上班的打扮。

他是一头金色短卷发，天生的，眼睛灰绿色，高高的大鼻子；他的皮肤不是很光滑，长了一些斑和粉刺，鼻子上还泛着油光；但整体来看还算得上一名相貌标致的小伙子，穿得也体面，气质大方，脸上总是微笑，阳光且有亲和力。

两人见面后短暂寒暄，又相互很绅士地拥抱了一下。

舒伯特的车是一辆又破又旧的雪铁龙，暗红色的，所以显得比实际还旧。明必问他为什么不换一辆体面点的车，更符合他收入阶层的，他告诉他："巴黎不适合开体面的车，停车简直麻烦极了……再说，什么叫体面？有钱人的一切就都要体面才行吗？"

舒伯特住的地方离市中心不远，步行去圣母院只要不到十分钟。他每天走路上班，下班有时坐两站地铁。公寓外表不起眼，灰色的外墙，狭窄的窗户，有六层楼高。

舒伯特家里面布置得很精致，从家具到电器，一律都是高档货。明必扫视一圈后嘲笑舒伯特说："也不需要什么体面的车嘛，这家布置得真是高级，家里面享受吧，岂不是更实在些。"

"咖啡？"舒伯特问道。

"好。"

舒伯特忍不住问起了他的离婚，还有他离婚后的状态。而明必先说了帕特里克·阿恩特给他寄番茄罐头的事情，对此舒伯特好像提不起什么兴趣。他还是更关心明必。

他对这个话题没有舒伯特那么大的兴致，他只着重讲了他去招惹莉亚以及莉亚后来找到了新欢与他彻底告别这些。

舒伯特一面仔细地听，一面不住地摇头叹气，自始至终表情严肃。每当明必讲到一些伤感的细节时，舒伯特会发出这样的感慨："如果我是你，我一定早就崩溃了……唉，上帝啊，真是太可怜了……"

虽说两人久别重逢，他此时已经开始用百无聊赖的眼神看着舒伯特，一边慢悠悠地鼓弄着他手里的咖啡杯。

明必低声说道："你怎么知道我没有崩溃呢？"明必说着，扭头朝窗外望去。正对着舒伯特家客厅，一颗硕大的金色的大卫星镶嵌在一座灰突突的建筑物上，十分显眼。他忽然站了起来，走到窗前，仔细打量起这个建筑。

他问："那是个什么东西？"

"我也不清楚，可能跟犹太人有关系吧……"舒伯特一脸不在意，他没有察觉明必此时严肃的神情。

"跟犹太人有关系？跟犹太人有关系？"明必重复着他的话，"简直是废话，傻子都知道那玩意一定和犹太人有关系！那么大一颗大卫星，金光闪闪的，难道和佛教有关系？！"

"你究竟是什么意思？突然说起这个来，刚才我问你的话也不做个交代，你到底崩溃了吗？你不觉得你需要倾诉一下吗？"舒伯特直接转换了话题，他关心的是明必的离婚。

"你该搬家了，蠢蛋。"明必继续刚才严肃的口吻。

"搬家？为什么？你扯到哪里去了？我在问你问题呢，明必！"

"是的，搬家。我现在不能回答你的问题。"明必变得有些不耐烦起来。

"明必，你的状态太可怕了，太无常了！你瞧瞧你自己的模样，完全就是个精神病！"

"为什么？比起你来，我病得不算重吧，起码我还想继续活命。"

"那我问你的问题与我搬不搬家有什么关系？再说，你刚来到我家，就指手画脚，说什么搬家不搬家的，莫名其妙！"

"因为我考虑到你的安全问题，因为你是我的朋友，因为我不想明天早上被人肉炸弹或者汽车炸弹炸个稀巴烂！你知道什么？在这个世界上，犹太人的敌人多到躲都躲不过来，你明白吗？再有，我不想谈跟我上一段婚姻有关系的任何事情，就此打住！"

舒伯特似乎完全听不懂他的话，但无论怎样，他们对于彼此来说都太重要了，是无可替代的。

两个人准备出去吃晚饭，舒伯特说他请客。他一把抓住他，一脸好奇地问："我还是不明白，搬家？"

"嗯，能搬就尽快吧，我没有开玩笑，"明必指了指窗外的那颗大卫星，"痛恨他们（犹太人）的人太多了，想把那玩意炸飞的人也是一样多，你到时候岂不是要遭殃？"

"噢，是这么回事。"

舒伯特把明必往门口推去，他边推边说："唉，照你这么讲，干我们这一行的岂不是天天在遭他们的殃……"（华尔街金融界有权有势的人多为犹太人。）

跟巴黎说再见 / 27

这是一家舒伯特常去的半酒馆半小吃店性质的地方。在明必看来，这里除了人多，吵闹，都是烟味，毫无其他特点。

明必吃了两份三明治，分量实在无法和胡腾街的比，他还叫了一碗杂鱼汤，味道还算过得去。舒伯特点了一杯红葡萄酒，只吃了搭配的花生坚果。

明必后来喝了一杯啤酒，接着又喝了一杯啤酒。舒伯特说，"克伦堡已经不是法国的啤酒了，他们被嘉士伯收购了，而嘉士伯仍是丹麦的啤酒厂……"

明必喝完最后一口后，不以为然地瞥了舒伯特一眼说，他从来也没在乎过克伦堡是不是法国的，嘉士伯是德国北部的还是丹麦的……这些在明必的眼里几乎没有任何差别。

至于舒伯特，那应该是他工作的缘故。他的工作就是分析，分析哪家公司收购另外一家公司，哪家和哪家合并成一家，这样的合并是否能带来更多的利益，说得更直白些——更多的钱，钱赚得越多越好。

上大学时，明必已经明确地告诉舒伯特他对此的观点。他认为舒伯特当初的选择是完全错误的，不可被理解的，他们本可以一起读读哲学，或者戏剧，再或者干点别的什么，历史，电影，甚至地理学，考古学，总之任何学科都要比他去学银行那套玩意有意思多了。

在已经喝了两杯啤酒的明必眼里，舒伯特的样子有些滑稽。他曾经也心高气傲，做事特立独行，可现在呢，嘴里嚼着干巴巴的花生仁，眼神里透露着疲惫和无奈，时不时还要看一看手表，生怕什么重要的工作会被耽搁。他一个人孤零零地住在漂亮到无可挑剔的公寓里，晚上还要按时上床睡觉，调好闹钟，因为第二天还要拼了命地赚钱，当个小奴隶。

"喝完这杯，我们就走。"舒伯特向外面看去，表情有点不安。

"我想再坐一会儿。"

"不行，走吧，明必，我明早还要上班，你还要待上几天呢，不差今晚。"

舒伯特已经开始起身穿外衣。明必仍坐在原位不动。舒伯特不停地向街上张望。明必忽然皱起眉头，"你去上班，我怎么办？你邀我过来，现在又说没时间陪我？"

"不用多想，也不用紧张，我的朋友。我已经安排妥当，回去再详细告诉你，有人陪你。好了，现在动动你尊贵的作家屁股，我们走吧，快点，警察正在给我的车开罚单，妈的……"

舒伯特从明必的座椅靠背上取下他的外套，双手搀起他。明必没有反抗，但一脸的不情愿。他诧异地盯着舒伯特，歪着嘴，絮絮叨叨地骂着脏话。

明必推开舒伯特，自行穿好外衣。舒伯特把饭钱压在啤酒杯下面，转身就朝他的车冲去。警察正在慢悠悠地填写罚单。

舒伯特先走了过去,用一口流利的法语与警察进行交涉。警察对他不理不睬,摇着头继续。舒伯特不厌其烦地向警察解释。明必听得目瞪口呆,因为他突然觉得舒伯特的法语说得简直棒极了,大大出乎他的意料。舒伯特不光说得流利,而且表情也像一个被冤枉且不耐烦的法国人一样,两只手在空中摆来摆去,时而双手抱头,时而耸肩,做出各种无奈,希望得到谅解的姿态。

这名法国警察反而像一个德国人一样,完全不买舒伯特的账,他觉得舒伯特把车停到了他不该停的地方,已经构成了违法的事实,需要得到相应的惩罚。每个人都应该有这样的意识,否则家庭就会不和睦,社会就会走下坡路,世界就会变得不安宁……这类道貌岸然的人真是无趣。

回去的路上,舒伯特开车,罚单把他的心情彻底搞坏了。

明必不吭声。舒伯特啊舒伯特,一个无聊至极的人,但又总能时不时地给你一个不大不小的惊喜。这家伙的法语是他妈的怎么学的,真他妈让人羡慕!认识这么久,他又何时羡慕过他啊。

2

第二天早上,一道光直射在明必的右眼上,叫醒了他。

他昨夜睡在了舒伯特客厅的沙发上。清晨四五点钟,收垃圾的卡车开进了院子,装卸时发出的金属碰撞的巨响一度惊醒了他,过了许久他才再次入睡。

明必起来时,已经10点过了。舒伯特早已经离开了家。他留下了房门钥匙和一张便条,统统放在了餐桌上。除了这两样,桌上还有新煮的咖啡和面包。明必先是发现了咖啡,端起来喝了一口。咖啡是温的,喝起来正顺口。

"舒伯特,舒伯特,完全可以成为一个细心的好丈夫嘛!女人般的细腻,女人般温柔的心肠……"明必发自内心地感慨。

昨晚回到家后,舒伯特针对那张罚单抱怨了很久。明必听前半段时还算仔细,而当舒伯特讲到为什么警察执意要给他罚单时,他已经在沙发上睡过去了。舒伯特也没再摆弄他,帮他盖了条毯子。

明必端着咖啡走到窗前,再一次盯着对面的那个跟犹太人相关的建筑。

那栋楼从外立面看不出有几层楼高,粗略估计差不多与舒伯特房间的高度持平;舒伯特的居室位于公寓的第四层。建筑物的上端是那颗显著到不行的金色大卫星,墙面是大面积的灰色。建筑物四周有围墙,入口位于舒伯特家楼下的那条街上,围墙有两米多高,墙上方安置了若干个监控摄像。

入口处有四名警察,两名在巡逻,另外两名则负责把守入口，执行安检程序。安检类似机场安检，一个检测门和一个转门。进出的人先通过转门，再进行随身物品的检查。

明必对它不那么好奇了，他深知全世界犹太人的地方都有警察，都设有安检门，都搞得像监狱一样。

明必转身又回到餐桌前，读了舒伯特留给他的便条。上面写道：

> 早安！
> 我的沙发很舒服，所以你没有理由抱怨。
> 今天我要上班，但已找到合适人选陪你散心。下面是她的名字和电话。
> 祝你们俩有愉快的一天。
> 另：如果到晚上你们还在一块的话，我们可以一起晚餐。
> YiYi Mei 电话：××××××××
>
> 你的本尼·舒伯特

明必依照便条上的号码拨过去，响了很久后才传来了对方的声音。好像先是传来狗叫的声音，然后才是一个人的，声音听上去性别模糊。

"你好！我是明必，请问是 YiYi Mei 小姐吗？"

"噢，稍等一下。"电话是一个男人接的，声音阴柔，但他仍可以断定是个男人。似乎那个男人的怀里抱着一条狗。

"你好，这里是YiYi。请问你哪位？"

"你好，我是明必，是舒伯特的朋友，他说……"

明必话音未落，她就知道明必是谁了，"你好啊，明必！我们还是讲中文吧，我也是华人。"

她声音听上去热心且非常友好。

"太好了，我的法语也只够介绍自己的名字了。舒伯特没有告诉我你是华人，我只是看到名字才想到你应该不是法国人。"

"梅依依，梅花的梅，依依不舍的依依。"

"很好听的名字。能说汉语的话就方便了，我还为此有些紧张呢。"明必长舒了口气。

"我们半个小时后在一家书店门口见面，离本尼（舒伯特）住的地方不远，就在河（塞纳河）的另一边。你方便吗？"

"好的，半个小时后见。谢谢你能抽出宝贵的时间……"

他的话没说完，对方已经挂掉了。

他原以为梅依依是法国人。她会说汉语让他兴奋。兴奋之余却忘了自己人在巴黎，他哪里知道什么塞纳河对岸的书店，连书店的名字也忘了问。他本想再打个电话过去询问清楚，但又觉得这样显得自己很无能。

碍于面子，他决定还是自己去找。塞纳河应该不难找，而且他也不是一个方向感不好的人，他在这方面的自信是不过分的。他拿上钥匙，离开了舒伯特的公寓。

出门后，他下意识地左转，直走了一百米左右便到了塞纳河畔。这是一条繁忙的街道，来来往往的车很多。他小心谨慎地过马路，然后从离他最近的一个桥过河。到了河对岸，他一眼就看见了一家书店。

他不无得意地笑了，觉得自己之前的紧张完全是多余的。不知道是什么原因，他十分确定这家书店就是他要找的那家。

书店的店面不大，门前破旧的桌子上整齐地摆放着一些旧书和旧杂志，每本上面都标有价钱。明必打量了一圈，并没有找到书店的名字，只有窗子上面用绿色油漆写着的"LIVRE"（法语：书），而且毫不起眼。这很符合书店的整体感觉，小，简洁，甚至有些破旧。

书店里面很暗，明必模模糊糊地看见好像有两个人影，应该是买书的人。

如果知道这么近，他不必急着出门，他一定会换一件新的外衣，因为他身上穿的这件被昨天酒馆里的烟熏得发臭。他忘了洗澡，只刷了牙，用冷水胡乱地搓了把脸，为了能提起些精神，也没有来得及洒香水，所以全身上下一股汗和烟和酒夹杂在一起的味道，很难找到合适的词来形容。总之不是别人会喜欢的那种味道。他自己也不喜欢。

明必在书店里翻阅着书，耐心地等待梅依依的到来。

也不知道过了多久，肯定不少于一个小时，梅依依还是没有出现。

明必开始怀疑自己是否找对了地方，他几次走出去在马路上左右张望，然后又回到书店里面。书店的老板察觉到了他的不安，于是问他有什么可以帮忙的。他向老板说明了情况。老板非常肯定地告诉他，这条街的这一段有一公里多，的的确确只有他这么一家书店。

老板问他是不是听错了，也许说的不是"书店"而是"报纸摊"。明必说不会的，还解释说："我们是华人，我们说汉语，汉语中'书店'和'报摊'是两个完全不同的词，没有混淆的可能。"

老板懂了，点点头，眼神里满是讽刺和歧视。明必对涉及自尊心的方面极为敏感，甚至到了过敏的程度。书店老板先前一定是把他当成了德国人，因为他是先学德语再学英语法语的，所以他的口音里带着明显的德国腔。法国人瞧不起德国人由来已久，正如德国人同样瞧不起法国人。而他居然连德国人也不是，是一个东方人！

法国佬就是法国佬，永远是高人一等的姿态，真是要有多讨人嫌就有多讨人嫌，咳，真看不惯他们那副嘴脸。

书店老板好像看出了明必的想法，突然开口赶明必出去，说如果他只是等人的话，就请出去吧，他这里是买书的，不是等人用的咖啡馆。

明必摆摆手走出了书店，他后悔没有把自己内心的想

跟巴黎说再见／35

法直接告诉那个书店老板。

那个似乎是梅依依的人终于出现了。

明必并不确定那个眼睛哭得通红,脸上化的妆已经花得像被洪水冲过的村庄一样狼狈的女人就是他要见的人。她朝他走过来。眼前的这个女人完全出乎他的意料,他足有一分钟没有说出话来。

他不知道该怎么面对这样的尴尬,实在太尴尬了。这个满脸哭痕的女人就是那个与他相约在书店见面的梅依依吗?

她用手抹了一把鼻涕:"你一定是明必吧!"伸出刚抹了鼻涕的那只手和明必握了握。梅依依的手冰冷,只有手心的鼻涕是热乎的。她急忙又把手缩了回去。

"对,我是明必。"他应声。

梅依依笑了:"从来没听说谁的名字会叫冥币的,真有意思。"

"明天的明,必要的必。"

梅依依又笑了:"你就不能有点幽默感吗?"

就这样,明必和梅依依见面了。

不论从哪个角度,梅依依都像极了过气的日本优伶松坂庆子,飘逸的长发披散在肩头,四肢修长,身材高挑;她的略带斜睨的眼睛勾人魂魄且眼神迷离;她的嘴很小,只比她狭长的鼻子宽一点点;她穿一件长款蛋黄色的风衣,腰间系着一条宽窄适中的带子,里面穿一件大领子的白色衬衣。下面是深紫色的丝袜和黑色的尖头镂花皮鞋。

他们沿着河畔踱步。他仍感到有些尴尬,他觉得说不说话都尴尬。她的情绪十分低落,抽抽搭搭地流着眼泪。

梅依依带明必来到一家咖啡馆。他已经完全丧失了时间概念,手脚也冻得没了知觉。他紧张到忘记把自己的手放在口袋里。十一月末巴黎的雨天,又阴又冷。

"喝点什么?来杯咖啡吧。"明必下意识地翻了翻菜单,梅依依没有回答他。

"那来杯啤酒吧。"明必建议,又像是在自言自语。他不是一个害怕冷场的人;在别人面前,他经常充当那个不吭声,不合群,不会迎合他人的角色。

服务员站在一旁,耐心地等着他们的商量结果。梅依依面无表情地坐在那里。明必又开始自言自语:

"不,我认为这会儿喝啤酒,是不是有些太早了,毕竟一天刚刚开始……还是喝咖啡吧。"明必犹豫地合上了菜单,微笑着递还给服务员,微笑中还带着一点歉意。

"就这样,两杯咖啡,谢谢。"

"两杯咖啡,请稍等。"

梅依依终于开口了:"一杯咖啡,给我来杯啤酒,要时代牌的。"

服务员扭头盯着明必看。他希望知道明必对此的想法是怎样的。

"那就两杯时代牌啤酒,不要咖啡了,谢谢。"明必对

跟巴黎说再见/37

服务员说，表情比刚才更多了些歉意。

服务员什么也没说，连头也没点一下，直接转身走开。

梅侬侬突然笑了起来，这种反应让本来就不知所措的明必变得更紧张了。明必的大腿在颤抖，他用力地往下按着。

"有什么可笑的吗？"

她顿时收住了笑声，很严肃地盯着明必。明必后悔那么问她，其实他只希望梅侬侬能像常人一样开口说话，说什么都可以。

明必突然想到了舒伯特，他懊恼当初听了他的主意来了巴黎，今天又遇上这么一个奇怪的女人，陷入这样一种根本无法预料的尴尬局面。

"对不起。"梅侬侬说。

"我觉得你应该感到抱歉。"这是明必脑子里想对她说的，而实际上，明必什么也没说。

"真的很抱歉……我还是走吧。"梅侬侬忽然起身要走。

"我觉得你应该感到抱歉。"

明必流利地把这句话说了出来，吐字清晰，声音中没有一丝迟疑，一改之前的紧张。他此刻想的只是把她留住。

梅侬侬又坐回了原位。他尴尬地笑了起来，摆弄着衬衫的领子，不敢抬头看她的脸。就在这一刻，服务员端来了两杯啤酒和一杯咖啡。

"我不确定你们究竟想喝什么，咖啡算我赠送给你们的。"说完，服务员高雅地转身离去。梅侬侬端起那杯咖啡，啜了一小口。

"你不介意吧？"她喝完了才问他。

"介意有用吗，咖啡已经是你的了。征求别人同意是这样征求的吗？"他想这样说，但他说的却是："不介意，你想喝什么就喝什么。"

梅侬侬很不以为然地点了点头，端起咖啡又补了一口。明必也不知道这时候她点头表示的是什么意思。

"听说你是作家？"

明必点点头，慢慢地把一杯啤酒移到自己这一边。

"你写过什么？"

"写过一本小说和一些别的。"

"你写的小说叫什么？"

"是一本德文书，叫 Der Fehler，翻成中文可以叫《错误》。"

"我从不买书。所有的书都让我厌倦。"

他再次点点头，连他自己都不知道他点头是因为什么，附和她一下还是自我安慰？

"写的是什么？"也许她觉得自己先前的话太硬了，她想把那句话软化一下。

"写的是……记录了一件我在坐地铁时经历的事情。我经常坐地铁出行。"

"为什么叫《错误》？"

跟巴黎说再见/39

他喝干了杯中最后一点啤酒。巴黎的啤酒杯比起柏林的要小很多,实际上他只喝了三口就没了。他把另外的那杯端到了自己跟前,好像有些报复的意味。

"你不介意吧?"

梅依依摇摇头,用手指了指咖啡。

"我不是已经先失礼了么。"

"为什么叫《错误》我也不太清楚,可能我受了些影响和启发吧……"他的语气像是在接受报纸的采访。

"是谁对你的影响和启发呢?"梅依依的问题一个接一个,好像他的回答始终无法让她满意。

"杜鲁门·卡波特的《残杀》。"

"我听过这个名字,他是一个作家,而且是美国人。"

他点点头,喝了一口啤酒。

"你能送给我一本你的《错误》吗?"

"你可以去书店买,或者到图书馆看。"

"你瞧,我是个从来不买书的人。去图书馆,值得吗?我觉得不值得。"

明必摇摇头,喝了一口啤酒。

他们又各自点了一杯啤酒。关于明必的书,他同意送她一本,这没什么大不了。还有很多本堆在他家的地下室里。

出了咖啡馆的门,明必和梅依依就此作别。梅依依对明必说,他们很快还会见面。明必心中暗喜,他也希望如此，因为他喜欢上这个奇怪的女人了。

另外，他把舒伯特相约一起吃晚饭的事忘得一干二净。

3

正如梅依依上次离别时所说的，她和明必两天后又见面了。这次是舒伯特张罗的一个小聚会，除了他们三个人以外还有舒伯特的一个朋友，叫莉迪亚。聚会的地点是舒伯特布置精美的寓所。

莉迪亚出生在巴黎。她的父母是阿尔及利亚人，上世纪70年代移居来到巴黎。莉迪亚长着一张小巧的面孔，五官很大，尤其是她的眼睛和鼻子，占据了她小脸盘的大部分；她的毛发很浓密，眉毛像两根粗的碳条，头发也是黑密黑密的。

她和梅依依是老相识，两个人见面就聊得火热。明必和他们在一起说英语，为了照顾他的蹩脚法语，当说到英语不好表达的词汇时，舒伯特会充当一下翻译。

大家聊了很久之后，明必才明了莉迪亚是舒伯特同事的妻子，准确地说是舒伯特上司的妻子。明必有些诧异地看着舒伯特，有种感觉告诉他，舒伯特和莉迪亚的关系不止朋友那么简单。舒伯特眯着眼，朝明必微微地摇了摇头。

如果舒伯特不解释，他和莉迪亚在一起看上去就是一对情侣，至少有某种亲密关系。明必认为舒伯特迟些会给他一个解释。

莉迪亚对他是作家这件事产生了浓厚的兴趣，她不断地问着各种各样跟"作家"这个字眼"有关系"的问题。比如：

作家的家是什么样的？

是不是很乱，很脏，很邋遢？

作家脑子是不是有很多奇怪的想法？

作家的思维是不是跳跃的？会不会做些疯狂的事，意想不到的举动？

明必告诉她："起码我不是这样，不知道其他作家是不是这样。但奇怪的事情经常会来找我，像我许久没有联系过的雇主帕特里克·阿恩特给我寄了一箱烂番茄罐头这种事。"

"哎呀，你看，这和我想象中的一样！我的生活里就不会有这类怪事发生，多怪诞，多荒谬，简直太有意思了！"

莉迪亚说话时表情夸张，她的五官好像在她的脸上跳霹雳舞，把她的脸扯来扯去。

"舒伯特，你和卡里姆做的事情跟明必比起来真是太无聊了，不觉得吗？"

卡里姆是莉迪亚的丈夫，她说的"事情"应该是指他们在金融领域的工作吧。

"莉迪亚，你知道他名字的含义吗？"

"明必吗？"

梅依依大笑不止："没错！你知道什么是冥币？哈哈，冥币！"

莉迪亚还是没懂："明必，她笑什么？"

梅依依已经笑得不可收拾："冥币，冥币，还不如直接叫纸钱算了！"

她这么说，连舒伯特也糊涂了。

"纸钱又是什么？"

明必终于有了幽默感："对于我和梅依依来说，冥币也是钱，是专门为死人造的纸钱。"

这回轮到莉迪亚笑了："纸钱，明必成了纸钱，哈哈！"

舒伯特三句不离本行："明必，你们中国的死人也需要钱吗？为什么有专门的人去造死人用的钱？他们需不需要理财呢？"

"当然需要。人死了也要住大房子，也要坐豪华汽车，穿绫罗绸缎。没钱怎么满足这些啊？"梅依依说得很起劲，"所以明必在中国应该去冥界当个银行家，就像舒伯特在法国做人间的银行家一样。"

莉迪亚把话题转回去。

"作家也分三六九等，你认为你是几流作家？"她问明必，随即把身子扭向他，充满好奇地看着他。

"嗯……"明必迟疑片刻，一时想不出来合适的答复。这是一个为难人的问题，尤其是对于一个作家而言。

"一流的，我认为明必是最棒的，肯定是的！"舒伯特抢着说。

"快闭嘴吧，本尼。除了亚当·斯密的书，你还读过什么！你说你读过小说，真让人笑话！"莉迪亚对舒伯特不留一点情面。

"我读过，布莱希特、歌德、莱辛……我是读过高中的人，谁没读过文学的书嘛！"

舒伯特列举的这些名字他的确读过，就是在他和明必高中时一道读过的，也是每个德国孩子在高中时读过的。

舒伯特的语文成绩向来很差，他读那些书是为了最后写论文交差。他肯定没有读过明必的小说，因为他没有那个耐性和时间。

"你自己认为呢，纸钱？"梅依依用手撑着下巴，态度似乎很认真。

"我认为我写得不错，怎么说呢，起码在我回头读自己小说的时候不会感到羞耻，也不会恶心反胃……这样就足够了。"

明必低下头。心里反倒有些不安，他并不认为自己在自吹自擂，但总觉得自己说自己两句好话会有找人嘲笑的嫌疑。梅依依的脸上露出了笑意，而另外两位却没有丝毫反应。

"你是个不错的作家，尽管我没有读过你的书，但我敢肯定，有一种感觉告诉我，《错误》应该是一本很棒的小说。"梅依依边说边举起酒杯，同时舒伯特和莉迪亚也举起了酒杯。

"为了纸钱,一个自认为写得不错的作家,干杯!"

"干杯!"

正当他们穿衣服准备离开的时候,有人按了舒伯特家的门铃。这时已经是午夜,舒伯特说可能是他们的动静太大惊动了邻居。

他打开门,一个警察拿着手电筒站在门口。三个人都好奇地坐在客厅里看着。那个警察先是礼貌地问候了舒伯特。舒伯特边说边指了指客厅里其余的人,莉迪亚和梅依依还向警察摆了摆手。明必因为不懂法语,只能呆呆地坐在那里看着一切发生。最后,警察好像没有得到他想得到的线索,说了句"打扰了,各位晚安"便离开了。明必马上问舒伯特发生了什么事,舒伯特笑嘻嘻地对明必说:

"你说得对,明必,我是该考虑搬家了。"

他说完朝窗边走去,拉起了窗户外面的卷帘,外面一道闪烁的蓝光顿时射到公寓的墙壁上。大家都跟了过去,向窗外张望。舒伯特家楼下的三条小路都已经被警车封锁,蓝光是警车车顶的警灯发出来的,还有若干警察守在一辆停在对面那个跟犹太人有关系的建筑外面的一棵大树旁。舒伯特左右张望,稍微有些紧张地跟他们叙述了刚才与警察的对话。

"警察问我,那辆停靠在树旁的无牌摩托车是不是我的,我告诉他我没有摩托车。他又问我是否留意到那辆摩托车,我说没有,然后指了指窗子外面闭合的卷帘。他最后说,他们怀疑那辆摩托车里藏有炸弹,已经调遣了拆弹专家过来查看,希望附近所有的居民暂时不要出去,等警报解除后再说。"

"你就没问问如果炸弹引爆了怎么办?"

"那还用问吗?如果爆炸,大家一起完蛋咯。"舒伯特突然又变得很无所谓。明必紧张地看着他。

莉迪亚说:"去你的,谁要陪你一起去送死!死在这里,算是怎么回事?"

舒伯特说:"不会有任何证据的,估计我们已经被炸成碎片了。"

"纸钱,这个能写进你的小说里吗?"梅依依问明必,她好像一点也不担心的样子。

明必摇摇头:"不能,起码我不会写这样的小说。"

拆弹专家在小心查看那辆摩托车的后备厢,明必是最紧张的那个。梅依依和舒伯特始终从容地在瞧着热闹。而莉迪亚已然在沙发上睡过去了。临睡前她说,如果爆炸,也不想亲眼看着那玩意把自己炸成碎片。

最终,大概过了三四个小时的光景,警察叫来了拖车,将摩托车强行拖走。警报正式解除,封条被警察撕掉,三条小路全部恢复正常。拆弹专家也回家睡觉去了

舒伯特执意要开车送两位女士回家。梅依依说她住的地方不远,她准备走路回家,顺便散散酒气。

明必心里很想陪她走走，但又不好意思提出请求，于是他和舒伯特送她们两个到了街口。莉迪亚见一辆出租车驶过，马上拦了下来，她急忙回头招呼正在点烟的梅依依，说顺路送她回去。梅依依远远地摆了摆手，表示不用了，然后朝莉迪亚做了一个飞吻的动作，莉迪亚还了她一个飞吻后转身上了车。

梅依依与舒伯特拥抱作别，和明必只是握了握手，就像他们相识的那天。她嘴里叼着烟卷，朝河的另外一面走去。明必和舒伯特站在那里，目送着梅依依走远。

"太晚了，我该送她，陪她走到家。"明必自言自语。

舒伯特在一旁默默地点了点头，打了一个又长又慢有些让人感到恶心的哈欠。

"快去吧，前面她要左拐了。"他边说边进了寓所里的门。

"门不锁，等你回来。"这是舒伯特最后的话。

明必快步奔向梅依依，心里既紧张又兴奋。在她左拐之前，明必赶上了她。

"嘿，嘿……"由于跑得太急，明必的呼吸有些急促。

"喔！"梅依依回头，明显的意外。

"我想，我想……我想我还是送你到家比较好。"明必深吸了几口气，才逐渐恢复了正常的呼吸。

"为什么？"梅依依抽着烟，不紧不慢地问他。

"太晚了，街上太暗了，再说，可能会有疯子或者喝醉的……你明白吗?"

"不明白。"她一脸诧异。他不知道怎么把对话继续下去。

"啊?你不明白,你不明白吗?我是说,安全,安全问题,你知道吗?"

他又犯了结巴的毛病,说话吞吞吐吐。但他的样子把她逗笑了。

两人一同走了一段路,她才告诉他刚才她在开玩笑。他的反应实在太可爱了,逗得她笑了一路。梅依依的家到了。

他尽管很犹豫,还是把话说了出来:"我们可不可以哪天出去喝杯咖啡,或者啤酒也行……你知道,或者两样都点也可以。"

"为什么?"

"因为……因为和你在一起很愉快,我愿意多和你说说话。"

"为什么?"

"因为,因为我想了解你,更多了解,因为你……你……"

他的话还没有说完,梅依依便紧紧地抱住了他,和他热烈地亲吻起来。那是一种奇妙的感觉,或许他就此爱上了这个女人。

4

在梅依依的家中,明必和梅依依脱掉了衣服。她背对着他,宁静地站在窗前,抽着烟。他盯着她的侧影。

她身材苗条,皮肤光滑得像一块沾了水的肥皂;棕色的长发,饱满圆润的乳房,还有像樱桃一样的乳头;纤细的手指,细嫩的小臂;她的瞳仁像宝石一样晶莹剔透;她的臀部就像一块水果蛋糕一样诱人,真想咬上一口……现在,她裸着身子,站在他的面前。

他唯一的想法就是占有她,占有她的全部。他由衷喜欢她的脚踝,她的脚也很美,比他见过的任何其他女孩子的脚都要美。

他想亲吻她的肚腩,用力抓她精致的翘屁股;他想将她举过他的头顶,然后再慢慢地将她的身体压在自己身上。

她在梳妆台前坐下,用梳子慢条斯理地整理着自己的头发,梳子上沾满了她头发的香味,那是一种青草的芳香。

她端坐在梳妆镜前,双腿微微张开,侧着身,从镜子中观察着他。他的神情则告诉她,他彻彻底底被她击败了,他想马上臣服于她,恨不得变成她手中的梳子,变成她的内衣,与她的身体贴近,没有空隙地贴紧。

她向他做了一个过来的手势,然后转身站了起来。他再也无法控制自己,立即冲了上去,搂住她,然后从她的身后抓着她的乳房，亲吻她的脖颈，用全身摩擦着她的全身，感受着她的肌肤。

梅侬侬好像对明必的举动没什么反应，只是继续从镜子中观察他，观察他肆意地对她身体进行占有。他突然停了下来，生怕自己做错了什么。

"怎么了？"

她摇摇头，推开他，又坐回梳妆台前。

"我做什么让你感到不舒服吗？"他蹲在她身旁，像条乖顺的小狗。

她还是摇头，然后双手捂脸，长叹了一口气。他趴在她的大腿上，静静地偷看着她的小腹上下起伏。

"我们上床去，然后我们做爱。"梅侬侬语气冷漠。

"如果你不想的话……"明必装作一副绅士样子，假模假样地说，而他的脑子里此时此刻只有和梅侬侬做爱的画面。

"我想。我想和你做爱，不仅如此，我还要一直跟你做爱，只和你纸钱做爱！"她猛地一把将他推倒在床，骑到他身上开始疯了似的亲他。

"宝贝，抓我的背，用力！"梅侬侬一面继续亲着明必的全身，一面把他的手固定在她的背上，竭尽全力地向下按去。

他按照她的要求，用他的手指试探着抓她的背，慢慢开始用力。他陶醉地亲吻着她的肩头和胸脯。

直到天蒙蒙亮，梅侬侬和明必才停下来。他倒在她的怀里睡熟了，已经精疲力竭，用最后一丁点力气发出婴儿般的鼾声。梅侬侬蜷成一团，将明必的手臂搭在自己的胸前，缓缓地合起双眼后睡去。

这一夜，两个人都十分享受和对方做爱的过程，丝毫没有陌生人的感觉。

明必睡到下午才迷迷糊糊地睁开眼。

梅侬侬坐在他的身旁，翻阅着一本时装杂志。她戴着一副黑框的眼镜，身穿一件深棕色的丝绸睡袍，和她的头发几乎颜色一致。透过睡袍，他清晰地看见她乳房漂亮的侧影，还有她微微隆起的小腹。

醒来看到这一幕，他不由自主地抿嘴微笑，伸了一个懒腰，放松了筋骨和精神。

他接着起身想过去从侧面一把搂住她，她却突然站了起来，向浴室走去，边走还边看着杂志，她似乎根本没有意识到他的存在。

他随即跟了过去，倚在浴室门口，她坐在马桶上继续读着杂志。

他一手支着下巴，一手搭在她的大腿上，单膝跪在她面前，轻轻地吻了一下她的额头。

"早安！"

她没理会他，继续翻着杂志。他虽然感觉到了落寞，但也没再说别的，裸着身走到浴缸旁，把热水龙头开到最大。浴室瞬间变得特别嘈杂。她从马桶上站了起来,径直离开了浴室,他又跟了出去,继续让热水流着,整个浴室弥漫着雾气。

"怎么了?发生什么了?"他终于忍不住了,诧异地问她。

她仍盯着杂志看。

"你放水不是为了洗澡吗?你洗澡,我应该回避才是,不是吗?"她似乎丝毫没察觉他问她时口气已经带上了怒气。

"怎么了?心情不好吗?"他故作平静,强压着被冷落的火气。

"水已经很热了,你可以去洗澡了。"她冷淡地回答。

他压根就没打算洗澡,他只是跟着她进了浴室,她躲避他的吻,他不知所措才去开了浴缸的龙头。如果要洗的话,他想的是两个人一起,绝不是自己一个人。

"水已经快溢出来了!"她推开他的手,口气里透出了极度的不耐烦。这也让明必无法再掩饰自己的情绪。

"嗨,听着,如果是我做错了什么,请你告诉我。我不明白你这么冷落我是因为什么!"明必明显提高了音量。

梅依依摘下眼镜,合上杂志,盯着他,"难道你喜欢我这样每时每刻地盯着你看吗?连你洗澡我也要盯着你看吗?"

"为什么这样说,我不知道你为什么突然变得像个陌生人。"他试图解释,同时下意识地降低了音量。

"我应该一刻不停地盯着你看,是吗?这话很难懂吗?"她不耐烦地重复着刚才的问题,眼睛离开他,转向窗外。她继续问了下去,情绪愈发激动起来:"你认为这样的话,我就属于你了吗?我的身体、我的人都属于你一个人了,是吗?"她越说越激动,声音也大了起来。

"听着,那不是我的意思,从来也不是。"他有些怕了。

"别他妈跟我说'听着,听着'的,难道你是我丈夫吗?你没有任何权利对我这样说话,为什么我要听你说,啊?你以为你是谁?"她已经变得十分激动,一把将刚才读的杂志扔出了窗外。

他像个呆子一样站在那里,赤身裸体。他着实为眼前发生的这一幕感到不解。

"冷静点,冷静点。"明必除了这个再也想不出可以在这个场合说的话。

她开始掉眼泪,泪流如注。

明必想上前安抚她,但他同时听到浴缸里的水已经溢出来了。他只好先去把水龙头关上。

"对不起,实在抱歉,我不应这样说。你先洗澡吧。"梅依依来到浴室的门口,哭着对明必说。

"没关系……"他扭头望着她,顺从她的话走进浴室。

她随手关上门,把明必一个人留在了浴室。

他泡在浴缸里睡着了。他的脑子里满是疑问:梅依依,她到底怎么了？到底发生了什么事让她像变了个人一样？半梦半醒中，他试图努力回忆昨晚到现在发生的每一个细节：他陪她一路回家；他们相拥在一起，接吻；他们脱了衣服，做爱；他很享受，她也是一样；天亮了，他们睡着了，他抱着她。他的记忆到此为止，他错过了什么？他没有喝醉，他的头一直是清醒的啊。

"啊！"明必猛然惊醒，不小心呛了一口水。他猛烈地咳嗽，引起了卧室里梅依依的注意，她拿着毛巾朝他走过来。

"我睡了多久？"他问她。她正在帮他擦拭身上的水珠。

"有一会儿了。"她用手摸摸了浴缸里的水，水已经变凉，"我煮了热咖啡，你快点穿上衣服，以免着凉。"

她比先前温柔了许多，完全是另外一个人。她把他的衣服拿进了浴室，帮他穿好，两人一同回到了卧室。

她端来两杯咖啡。

他喝了一口，身体顿时暖了起来，但还是没忍住打了个寒战。这时已经是傍晚，天马上就要彻底黑了。他们并排坐在沙发上，她动手为他揉搓头发。

他继续喝着咖啡，发现刚才被她扔出窗外的杂志已经被捡了回来，放在了茶几上。他好奇地翻了两页，里面沾满了泥，纸也变得皱皱巴巴。

外面飘着小雨，梅依依摘下了眼镜，对着明必温柔地微笑着。而他一点也不糊涂，清楚地记得刚才发生了什么。

他没那么健忘,他决定问个究竟。

"依依,刚才到底发生了什么?"他尝试心平气和地问她。

听到这个问题,她的微笑马上不见了踪影,"我们不谈这个,行吗?"她随手把眼镜又戴了起来。

"不行,我必须知道发生了什么。你不喜欢和我在一起吗?还是跟做爱有关系?"他强硬地问了下去,并没有顾忌她的情绪。

她用手捂着额头,显得有些不知所措,"不,这与你无关,明必!我说过,我想,我想,我真的太想……"她没把话说下去。

"我宁愿你叫我纸钱!想什么?真的太想什么?"他不依不饶地追问。

"想,难道你现在就已经忘记了吗?"她反问他。

"忘记什么?"他不知道她指的什么。

"昨晚,我对你说过,我想……想可以一直和你做爱,永远都和你明必一个人做爱!"梅依依激动地说。

"我记得,当然记得,我怎么会忘!"他接着说,"我愿意和你在一起,和你做爱是件美妙的事!"

"你说愿意和我在一起,但这仅仅是希望而已,是吗?"她的语气突然变得沮丧。

"为什么这么说?"

"因为你不会那样去做的,因为你是男人,因为你不会愿意一辈子只跟一个女人做爱的！"她的声音在颤抖。

"我不是那么想的，听着，依依，我的意思是……"

"不要再跟我说'听着'这个字眼，再不要说，你听明白了吗？我最后一次警告你！"

"对不起，我不是有意的，请你原谅我，我发誓不会再说。我喜欢你，梅依依，我真的喜欢你。"

"你喜欢我吗？"她的话里带着明显的讽刺，"还是喜欢和我做爱？"

"为什么这样问？我喜欢你的人，才会喜欢和你做爱；与你做爱的确很美好，整个过程都十分美妙，难道你不觉得吗？"

"'我喜欢你'，这种下贱的话谁都会说。"她语调变得更讽刺了，甚至有些刻薄，"对女人说过这类话的人没有一个正经人，他们都在和女人做爱后说这句话，你也不例外。"

在这种时候，明必不想告诉梅依依自己已经爱上了她，他害怕。所以他只能选择把谈话中断。梅依依面无表情地盯着茶几上的那本杂志。他握住了她的手。

"在你之前，我只和一个男人做过爱。"她继续说，"那个人是我的丈夫。"

她不像是一个只和一个男人做过爱的女人，她绝不可能只和一个男人做过爱，他不管她怎么说，他有自己的判断。她之所以如此说当然不是为了骗他，而是为了让他心里好过一点。

"我们已经分开了,他爱上了另外一个女人。不过,他做到了他承诺我的事。"

"是他娶了你这件事吗?"

"不,他说无法保证永远和我一个人做爱。"梅依依又恢复了平静。

他继续,"那为什么要和他结婚呢?"

她慢慢地扭过头来,看定他,眼睛里含着怨恨的泪水。

"因为我想惩罚他。仅此而已。"

明必走路回到了舒伯特的公寓,路上反复琢磨着梅依依的话。他对她之前的生活毫无了解,他觉得也许他也应该把自己不久前离婚的事告诉她,这样才能算是坦诚。他希望和她坦诚相对。

舒伯特正在厨房中准备着晚餐,明必的出现并没有让他惊讶,他似乎等候他许久了,也许一整天。他消失了这么久,舒伯特多少有点不愉快。由于相互过于了解,明必一进门就嗅到了这种气息,但他不以为然。

舒伯特围着一条碎花围裙,挽起衬衫袖子,在认真地准备晚餐。他摆了三副刀叉,却看见只有明必一人回来。

他问他,"依依没有一起来吗?"

"没有。"

"为什么?你又忘了邀请她?"

"不是忘了。我根本不知道你准备了晚餐。你说过晚餐三个人一起吃吗？"

明必脱去外衣，一头栽倒在沙发上。舒伯特朝他走过来，用脚轻轻地踢了他一下。他像只死猪一样瘫在那里。

"嘿，嘿，嘿，你在她家过夜了？"

明必一脸的不情愿，他没有搭理舒伯特，因为他心里觉得这个问题简直就是一个呆子才会问的。

"嘿，明必，我在问你问题，嘿，你和她上床了？"

明必把头深深地埋进了沙发缝隙里："帮我个忙。"

"什么忙？"

"滚远点。"

舒伯特又踢了他一下，这下比刚才要重许多。他又回去厨房，转身留了句话给他听。这句话让他像触电了似的，马上从沙发上跳了起来。

"瞧你回来这副德行，在我意料之中。"

明必连忙起身追他到厨房："什么意料之中？啊？快说！"

"我之前该提醒你的，依依，她可不是个简单的女人。"

明必急得像个猴子。

"什么意思？什么不简单？快说！"

"你不应该这么快就……"舒伯特说了一半，收住了。

"舒伯特，快说！否则我他妈的掐死你！"他用手从后面抓住了舒伯特的脖子，狠狠地按了下去。

"这就是你致命的问题，明必！你总是想马上知道问题的答案。"舒伯特一把推开了他的朋友。

明必一时间完全没了脾气，又回到了沙发上，平静地等待着舒伯特端晚饭上来。

舒伯特今晚做的小牛肉十分入味，明必不光吃了自己的一份还吃了本为梅依依准备的那一份。

舒伯特吃饭的速度奇慢，对此他的解释是：他的母亲在他小的时候严令禁止他吃饭过快，每次送进口中的食物必须咀嚼十七次才可以吞咽。他也不清楚为什么是十七次，但久而久之便养成了这么个习惯。

当明必几年前深受胃溃疡折磨的时候，医生曾告诉他所有的胃病都与进食速度过快有关系。他第一时间便想到了舒伯特。他认为这一点与性格有关，舒伯特生来就是个慢性子，不管是吃饭还是做别的什么事情，他总是要比常人慢上半拍。这也使他给人留下一种稳妥的印象。

这一点明必不得不承认，通过他们俩过往的经历证明，舒伯特的确是一个相当可靠的人，交给他的事情他一定说到做到。

他曾认为舒伯特不会成为他生活中最重要的朋友，因为他们两个人太不一样了，完全生活在两个不同的世界里。以明必的性格，是绝不会试图介入舒伯特的领土的。同时，舒伯特也不会认为明必的世界有什么特别吸引他的地方。奇怪的是，这并不妨碍他们对彼此的依赖和信任，关怀和需要。

待舒伯特仔细地咀嚼完最后一小块肉之后，明必回到了他之前提出的问题。

"现在,说说依依梅。"

舒伯特用餐巾仔细地擦了擦嘴角,"别急,还有餐后甜食。"他拾起盘子和餐具朝厨房走去。

"别跟过来,明必,乖乖地等着。"他得意地说,好像看穿了他的心思。

"咖啡,特浓的。"明必不客气地命令。

"收到!咖啡,特浓的。"舒伯特学着饭店服务员的口气重复着明必的话。

餐后甜食是皇帝煎饼(Kaiserschmarrn),上面撒了厚厚的一层糖粉,与其搭配的是酸樱桃酱。比起刚才"高贵"的小牛肉,"出身平凡"的皇帝煎饼更合明必的胃口——他就是一个作家,只知道吃而不会做的低能作家。

明必舀了一大口放在嘴里:"你知道,全德国所有的家庭主妇都会做这道甜食,只有我不会。我做出来的像猪食一样狼狈。"

舒伯特与他吃相正好相反,在盘子里把煎饼切成碎碎的小块,慢悠悠地放在嘴里,享受反复咀嚼的乐趣。

"谈点别的,说依依梅。"

他喝了一口咖啡,又舀了一大口煎饼。

舒伯特终于回到正题,"关于依依梅,以我对她的认识,我只知道她跟你一样都离婚了。她人很热心,尤其对身边的朋友。性格很直率,但偶尔有些古怪,让人捉摸不透。"

"你们怎么认识的?"明必忍不住插问一句。

"我们在法语课上认识。她的法语基础比我要好,所以帮了我许多忙。"舒伯特放下了刀叉,表情突然变得严肃起来,"但是我从莉迪亚那里听到了一些事情,关于依依梅过去的一些事情。起初我半信半疑,但看到你今天回来时的样子,我想莉迪亚说的那些话应该是真的。"

"她说什么了?"

明必的好奇心瞬间填满了他的胃,他一口煎饼也吃不下去了。

"莉迪亚说,她们通过我认识不久之后,依依梅就跟她聊起了很私密很个人的话题,比如说关于性爱之类的。莉迪亚非常喜欢依依梅,她们聊得来,所以也没有很在意。依依梅对她前夫做的一些事情,莉迪亚开始感到奇怪,于是她就把一些事转述给我。"

明必从舒伯特的书柜上拿来了半瓶白兰地和两个酒杯。

"依依梅对莉迪亚讲了她和她丈夫在床上的那些事,说了很多详尽的细节,我就不在这里复述了。她还讲了她丈夫在外面有了情人,是巴黎的一个模特。"

"她讲过她丈夫有情人。"

舒伯特拿过酒杯:"有一次,她丈夫把情人带回家,正在他们交媾的时候,依依梅从衣柜里走出来,那个模特吓得尖叫不止。"

"这个她可没说。"

"依依梅后来解释说她并不是有意躲在衣柜里,那天她只是一个人呆在家里感到有些害怕,听到门响,她情急之下躲进了衣柜。她丈夫不得不承认出轨的事实,颜面扫地,只好主动提出离婚。"

明必吞下小半杯酒,"离婚她说了。"

"那个家伙(梅依依前夫)是个有钱人,他们住的地方是巴黎最贵的街区。莉迪亚认为,像这种有钱的男人出轨是迟早的事。尽管依依梅从长相到身材都不比那个模特差,她的确是个天生丽质的漂亮女人。总之,这大概就是他们后来离婚的原因吧。"

"她只把结果告诉我了,但没说捉奸在床的事,还有她躲在衣柜里的事。"

"我当时也着实吃了一惊,凭依依梅给我留下的印象,完全不敢相信。莉迪亚说,依依梅讲这些事情的时候一点也不激动,好像在说发生在别人身上的事。之后依依梅自己搬了出去,在皮加勒区那里租了个便宜的破房子,在红磨坊那边,附近有很多妓院和脱衣舞酒吧。"

一口气讲这么多话,舒伯特口渴了。他为自己重新斟上半杯。

"你不是在暗示我她也干那个了吧?"

"你还要不要听我讲了?要的话就把你的嘴闭上!她的

前夫曾经找过她,她没有理会,电话不接,敲门不开。又过了一段时间,她一次无意中路过他们原来住的地方,刚好遇到那个模特正在用钥匙开门,她便跟了上去,那个模特当然又吓了一跳,但依依梅的态度很友好,说她只是想聊聊,不会打扰她太久。那个模特也算是通情达理,两个人坐在客厅里喝起了茶。聊了一会儿,那个模特去卧室接了一个很长的电话,依依梅坐在沙发上,跟模特养的一条狗玩了起来。"

舒伯特突然停住了。

明必问:"这时她前夫回来了是吗?"

舒伯特犹豫片刻:"不是。是依依梅下手重了一点,用垫子把狗闷死了。"

"然后呢?那个前夫的模特情人是什么反应?"

"然后依依梅没打招呼就离开了,她没给模特反应的机会。"

舒伯特喝了一大口白兰地,那也意味着她的故事完了。

明必也紧接着补了一口:"完了?"

"据依依梅的讲述,那个模特当时吓得半死,差点昏过去。她想报警,但被依依梅的前夫制止了。她前夫后来找到她,她同意见面。她前夫在她面前是个懦弱的男人,也可能是因为心存愧疚吧。他提出给她一笔可观的赔偿,请求她不要再做类似的事情,放过他们。依依梅答应了,并且收了钱。"

跟巴黎说再见/63

明必说："我觉得这样才公平，不然就太便宜她前夫那个混蛋了。"

"她前夫和那个模特最终也分手了，只身一人离开了巴黎。这些也是依依梅无意中听朋友说的。所以啊，明必，就算她说的有一半是真的，她也算是个经历非常与众不同的女人了吧？我有很多疑问，你知道吗？比如说她怎么收了那家伙的钱？她应该不会是那种为了钱财去伤天害理的人啊。咳，我也不知道。我只想告诉你明必，也许你们进行得太快了。"

"莉迪亚为什么把这些事告诉你？"

这个问题让舒伯特顿时脸红了起来，他显得措手不及。

"当然了，这是另外一个话题了。我会找机会告诉你的。"舒伯特结结巴巴地回答。

"你和你上司的女人睡觉了，我猜得没错吧？"明必继续了下去，态势咄咄逼人。

"别自作聪明，明必，我没有和莉迪亚睡觉，这里面有很复杂的原因，你不知道就不要乱说！"舒伯特显得十分激动，他的朋友似乎说了惹他不高兴的话。

"明必，你老老实实地听我把话讲完，关于依依梅。我刚才讲的那些事并不是关键。每个人性格里都可能有古怪的一面。我认为，依依梅和你想象中的不一样，这不仅仅是她经历复杂的问题。就在昨晚之前，我已经猜到你一定会喜欢上她，从你看她的眼神，从你的一举一动。所以当你提出送她回家时，我一点也不意外。"

"嘿嘿嘿，舒伯特，小心你说的话，你没有那么了解我。"

明必打断了舒伯特，但他并没在意。

"我知道，那晚你一定会在她家里过夜，你们也会上床。你们上床了，不是吗？"

明必尴尬地点头确认了他的猜测。

"之后呢？你感觉如何？"

他可不是任由舒伯特摆布的角色："你指什么？做爱吗？我为什么要告诉你？"

舒伯特摇头："我说的不是做爱，做爱是一定的。我是说之后呢？"

"她没说什么，但反应有些奇怪，我差点发火。"

舒伯特继续问："她怎么了？"

"我不知道为什么，整晚上都挺好的，第二天我醒来时，就好像谁得罪了她一样。她变得像个陌生人，让我感觉很疏远。"

"你们是不欢而散吗？"

"不算是，我觉得她可能是一时心情不好，我就哄了哄她。我将走的时候，她告诉我她离婚的事情。"

舒伯特点了点头，又马上皱起了眉头。

"明必，你想不想再见到她？"

"依依吗？是的，我当然想。"

舒伯特紧绷着脸："你是爱上她了？"

"我也说不清楚，这个很难说，你知道，我才和她见过两次面，而且……"

明必有些含糊其词。

"是还是不是？"舒伯特语调强硬。

"是吧，我想我是爱上她了。"

舒伯特站起身，在餐桌前来回踱步。他喝光了杯里最后一滴白兰地。明必不明白他这样故弄玄虚的目的是什么，他在他面前很少有类似的表现。突然，他猛地转身，双手支在桌面上，一脸铁青，对他说：

"明必，她不会再见你，再也不会。"

"为什么？"

"因为你只是其中的一个而已。"

"什么其中的一个？"

"当然是与她滥交过的其中一个。"

明必诧异："滥交？"

"她住在皮加勒区的时候，与许多男人滥交。是她告诉莉迪亚的，我本不想告诉你这些。"舒伯特坐回了原位。

明必起初不愿相信他的话，但却印证了自己对她说的只与一个男人做过爱的怀疑。在床上她是一个特别有经验的女人，她知道如何让男人兴奋，她也知道如何让自己更好地享受。但是他心里不愿接受这样的印证。

"不可能，她是个性格内敛的女人。就算不内敛，她也不可能是个荡妇啊!"

舒伯特摇头:"也许吧,但这是她亲口告诉莉迪亚的。她跟许多男人见了面,聊上几句后就回到她的住处。她每次与一个男人上床,第二天都会显得特别冷漠,或装作完全不认识。大多数男人都会知趣地离开,很多男人还觉得这样方便,因为他们也只是为了和她睡觉而已。"

他这才明白了舒伯特一晚上都很严肃的原因,他没有故弄玄虚,一点也没有。

"那你当初为什么让我们认识?"

"我没想到事情会是这样的。我想你需要一个人缓解离婚带来的伤害,我没想过你会认真。"舒伯特接着说,"抱歉,明必。"

5

转眼间他已经来到巴黎两个礼拜。在过去的两个礼拜里,明必住在了梅依依的公寓。舒伯特虽极力挽留他,但还是被他回绝了。梅依依没有像舒伯特说的那样,她在与明必分开的第二天就打来电话,约他出去见面。两人在大宫附近的一家咖啡馆一起喝了咖啡,之后又去到塞纳河坐了观光游船,度过了十分轻松愉快的一天。

明必没有提及任何跟以前有关的事情,因为那些事比起他能和梅依依在一起简直太没意义了。现在,他的心思只在梅依依一个人身上，他只想和她在一起，不论做什么，一分钟也不想再分开。

两周的时间过得很快，他和她也没有做什么特殊的事情，但在一起做的任何事都让他无比开心，他已经好久没有那样开心过了。

明必不止一次地告诉梅依依，这是他这辈子最美妙的两个礼拜，而她也同样这样认为。她再也没有露出一丝冷落他的迹象，相反，她总是表现出对他十分依赖，充满热情和向往。这让他差不多把舒伯特与他的谈话忘得一干二净。虽说还是有过那么一两次，当他们做爱的时候明必会幻想她和别的男人在一起的场面，但他马上劝告自己不要自找没趣，应该全身心地享受当下的愉悦。

当明必认为两人的状态都很自然松弛的情况下，他坦诚地对梅依依讲述了他的过去，其中重点是他那次以失败告终的婚姻。对此，梅依依除了说她理解以外没有其他反应，而明必的心里也就此少了一个不大不小的负担。

今晚，梅依依、明必还有莉迪亚受舒伯特的邀请，又一次聚到了一起。这是他们最后一次在巴黎相聚，明天明必和梅依依就要离开巴黎了。

这是梅依依的提议，她希望能跟明必在一起生活。她觉得他们两个应该开始一个崭新的生活，在一个新的地方，甚至是一个完全陌生的地方。她刚提出来时还有些紧张，怕明必觉得这样太唐突，而明必毫不犹豫地就答应了她。

他还诚恳地告诉她，如果她现在不提出来，也许哪天他会直接把她拐走。梅依依为此兴奋不已，立即告知了舒伯特和莉迪亚这个消息。

舒伯特安排了最后的聚会，地点还是定在舒伯特的家中，舒伯特还许诺，做一条完美的龙虾来为他们送行。

梅依依为了感谢舒伯特介绍她和明必相识，同时感谢今晚的龙虾，特意去买了一瓶很贵的香槟。她还问明必是否要买盒雪茄之类的小礼物给舒伯特，他说不用，礼物他已备好。梅依依问他是什么，他说，是一个穷酸作家的深情拥抱。她听后大笑了好一阵才停下来。

莉迪亚早早便赶到了舒伯特家，她是大厨的助手。明必甜蜜地搂着梅依依坐在舒伯特的沙发上，观望着那两个人准备晚餐。

明必亲了一下梅依依的脸颊："他们俩看上去挺合适的，不是吗？"

梅依依回亲了一下："没有我们俩合适。"她又钻回到明必的怀里，被他抱紧。

明必喝了一口价格不菲的香槟，表情虽说很享受，但他心里并没有觉得有什么特别之处。

这时，莉迪亚从厨房朝明必和梅依依走来。她坐在了梅依依的身旁，解下了上面印着"妈妈"的围裙。明必为她倒了一杯香槟端了过去。

明必问莉迪亚："怎么，大厨需要私人空间吗？"

莉迪亚撇着嘴:"哼,他真是太难伺候了,这也不对,那也不对,不管他了。"

"德国完美主义者,讨厌透了,不是吗?"明必指了指舒伯特。莉迪亚激动地点着头,表示赞同。

舒伯特似乎听到了他们说的,马上给予了回击:"请你们不要挑三拣四,为了这顿龙虾晚餐,我已经忙活一下午了。"

大家听后,马上表示了诚恳的同情、抱歉并致谢。

莉迪亚把头靠在了梅依依的肩上,伤感地说:"真不敢相信,你明天就要离开巴黎了。这一切来得也太快了。"

梅依依一把抱住了莉迪亚。明必坐在她们两人边上。

晚餐简直可以用"过分丰盛"来形容,从前餐到主菜,再到甜点,每个环节都无可挑剔。这是舒伯特除了法语说得好以外给明必的第二个惊喜。

两位女士吃得胃口大开,舒伯特的本行是一名银行的金融分析师。大家纷纷建议他改行去做大厨。这样的话舒伯特听了当然很欣慰,连连谦虚点头,他说为了自己喜爱的人做美食是件幸福的事。

因为是一场告别的聚会,气氛总会有些低落。莉迪亚也不像往常那么活跃,她几次用十分忧伤的眼神盯着梅依依。舒伯特的心情也好不到哪里去,一方面是受到大环境的影响,另一方面一定是在为明必担心。

离开巴黎的决定不是明必告诉舒伯特的,而是梅依依,这一定也或多或少伤到了他的心,毕竟他是他的老朋友。当明必后来再打电话给他时,他只说了关于聚会的事。如今,明必去意已决,舒伯特一定觉得再也没有去谈论的必要。

甜食过后,他们四个又喝了一点白兰地。莉迪亚问起了一些关于明必和梅依依明天行程的细节。

"你们明天几点出发?"

"睡醒了就出发吧。"

这个话题好像也唤起了舒伯特的兴趣:"能问一下去哪里吗?"

明必诧异地看了看梅依依,难道她没有告诉舒伯特他们的目的地吗?

梅依依连忙说:"是我的不好,我忘记告诉他们了。我们去伦敦,准确地说是黑司区。我的一个姑妈在那里有一个房子,没有人住,我想,我们就先在那里落脚。"

莉迪亚问:"除了你姑妈,还有其他熟人吗?"

"我的姑妈身体不好,去年搬去了瑞士休养。伦敦我没有熟人,明必也没有。"

明必有几分兴奋:"我还没去过伦敦。"

莉迪亚面露笑容:"伦敦一定会很有趣。"

"我也对这个城市充满了好奇,但是我更期待的是与依依生活在一起。"

舒伯特说:"我明天送你们去机场。"

梅依依说:"不用了,本尼,我们不坐飞机,开车去伦敦。这样还可以把我和纸钱的个人杂物也带上。"

临别前,莉迪亚要求单独和梅依依呆一会。莉迪亚还是没有忍住,趴在梅依依的肩上哭了起来。

明必和舒伯特在厨房里收拾餐具。

舒伯特低声念叨:"伦敦,伦敦……"

明必说:"只是伦敦的黑司区。"

"不要太想念我,明必。"

舒伯特放下手上正在洗的盘子,转身抱住了明必。

"我不会的,舒伯特。"

两个大男人抱了好一会儿才放开。舒伯特没有哭,明必也没有。

他们比原计划晚出发了一天,一路无间歇地驾车到了加来(Calais,法国港口城市),又从加来乘轮渡经过英吉利海峡抵达多弗尔港(Dover,英国港口城市),在多弗尔喝了下午茶后直接开往了西伦敦的黑司区。

纸钱的黑司街

1

黑司区有个很小的城镇中心，居民大多是些非洲黑人和阿拉伯人。他们开的店铺以卖杂货和卖肉为主。这里的街道总是潮乎乎的，而且路边到处可见成堆的垃圾和废弃家具，时常还泛着酸臭味。

后来纸钱与他人交谈得知，这里可能是西伦敦最穷酸的地界，住在这里的基本是非洲和中东国家的移民。欧洲的移民也有，但大多数为东欧人，比如说纸钱的邻居就把楼上的房间租给了乌克兰的一个女大学生。

以移民为主要人口的区域，总会出现诸多治安问题，黑司区也不例外。

一个出租车司机曾在这一带开了将近二十年的车，他向纸钱讲述了自己在黑司区的经历。他说光是他亲眼所见的犯罪就不止几十起。他还说，70年代的时候，黑司区就是一个普普通通的小镇子,没有什么特别光鲜的,也没有什么特别不好的。

90年代末期,这里开始出现大量移民,快速形成了他们的生活区域,其中最不安分的当属索马里人,他们几乎全部是非法移民。十宗治安案件有八宗都和索马里人有关系。所以,有条件搬出去的黑司区人就将房子出租或者出售给这些移民。同样作为一个土生土长的黑司区人,那个司机也想有朝一日搬到周边的区域去居住,但那里的房租很贵,要比黑司区高出一大截。

总之,对于住在附近其他几个区的人来说,来黑司区居住不是一个优良选项。而在黑司区长大的英国人,也不觉得自己生在了一个值得留守的地方。

纸钱跟他们想的都不太一样。自从来到这里的第一天起,直觉就告诉他,会有很多意料之外的事情将在黑司区这里发生。

梅依依和纸钱住在黑司区中心偏北的居民区。她姑妈的房子是一幢典型英式的二层小别墅,前面有一个狭长形的小花园和一个停车位。这种非常英国的楼房在伦敦周边随处可见,再寻常不过。

房子里面的格局十分不舒适,门窗狭窄,房顶低矮。赶上雨季阴天,房间压抑得令人窒息。

纸钱和梅依依先决定重新粉刷墙壁。梅依依喜欢绿色,而纸钱喜欢白墙,他认为那样能让房间变得明亮些。最终,二楼的卧室刷成了墨绿色，其余的空间均为简单干净的白墙。他们没有购置太多新的家具，她姑妈留下的家具虽说不太好看，但还算实用。

整幢房子被梅依依细致地打扫了一遍，甚至每个小角落里都没留一点灰尘。这是一项不小的工程，因为房子已经很久没人住过。

到他们两个可以舒服地坐在沙发上，点燃壁炉，喝茶听音乐，整整过了一周的时间。

由于为安顿和整理忙碌，两个人没有时间去伦敦城里转转，也没有多余的精力。平时除了早餐在家里自己准备，其余的都是买现成的食品解决吃饭问题。纸钱喜欢英国人做的香肠，比闻名遐迩的德国香肠要多些甜味，可能是里面掺了苹果块的缘故。梅依依更喜欢印度人卖的咖喱和烤鸡。

一切都进行得相当顺利，不论从哪个角度来说，尽管纸钱做决定之前没有顾忌以后的事情，因为他实在太想和梅依依在一起。

客观地说，他俩的关系的确变得更加紧密，两人彼此比先前更加信任了，也更加互相依赖。

时间过得飞快，转眼他们已经来到黑司区将近三个礼拜。

一个下午，舒伯特打来电话，他说会在圣诞节前夕来伦敦看望纸钱，"顺便"在这里参加几个银行的会议。

纸钱和梅依依自然十分高兴，都希望舒伯特能和他们一起过完圣诞节再走，舒伯特说恐怕没有那么多时间。但在梅依依的强烈要求下，舒伯特还是同意在他们的新家里住上几天。

舒伯特到的前一天晚上，梅依依为他整理出客房，换了新的床单。她还把枕头做成蝴蝶结形状，上面放着一块巧克力糖和一张小纸条：

欢迎您下榻。

纸钱暧昧地看着梅依依满足的小脸，自己也忍不住地笑了起来。

她依偎在他的怀里，"是不是很可爱？"见他点点头，又说，"跟你一样可爱。"

2

坏事往往发生在相对平稳的状态下。当人丝毫没有警惕的时候，生活里好的一面就会被看作是理所应当的。

在舒伯特拜访纸钱和梅依依的第一天晚上，他们两个之间发生了一次相当激烈的争吵。然而，这次争吵只是他们后来无数次里的其中一次，也是最没有意义的，但却是结果最好的一次。

由于飞机延误，舒伯特无法在到达伦敦的当天晚上赶过来。为此他道歉了不止一次。

梅依依和纸钱为了迎接他准备了晚饭，大部分是他们俩从常去的一家印度小餐馆里买来的成品。由于舒伯特不能来，他们两人被迫吃了三人份。

第二天下午，舒伯特很早就到了他们的住处，他还从巴黎特地带来了一些这里很难买到的臭奶酪。三个人没有再去外面买吃的，舒伯特很主动地承担起了厨师的角色。

他做了一些简单的意大利面和色拉。虽然简单，但纸钱和梅依依觉得特别可口。餐后大家共同品尝了他从巴黎带来的奶酪。梅依依说她很想念法国奶酪那股浓烈的臭味。

舒伯特问起了他们俩在这里生活是否适应，梅依依兴高采烈地跟他讲述了他们从粉刷到布置的整个过程，还特意向他展示了他们的卧室——墨绿色的墙壁。由于天色已暗，墨绿色看上去几乎就是黑色。

舒伯特听得十分认真，他为纸钱能顺利开始新生活而感到高兴。梅依依说得实在太起劲，纸钱始终没能插上嘴。

舒伯特见纸钱没怎么说话，便习惯性地问起了他最近写作的状态。他告诉他什么也没有写。舒伯特叹了口气，接着问了一个很尴尬的问题：

"这也许不关我的事，但你们两个靠什么过活？"

纸钱十分不喜欢舒伯特这样问，对这样的问题梅依依没了夸夸其谈。

纸钱不大高兴："不用你来操心。"

舒伯特马上笑了笑："我不该问，当我没说好了。"

梅依依看了看纸钱，好像察觉了他的情绪："本尼问的没什么不对，我们是应该想想这个问题了。"

纸钱的情绪更差了，他狠拍了一下桌子："真是无聊透顶！我就是看不惯他老是装作一副客观的嘴脸教训别人！你他妈的以为你是谁？"

"嘿，明必，不要这样，你这样就太过分了！我没有别的意思。你不喜欢我说的话，我可以收回。"

纸钱转身离开了餐桌，一个人来到花园里，嘴里嘟囔："无聊透顶，无聊透顶……"

也许是外面的新鲜空气让纸钱逐渐冷静了下来。尽管他不喜欢舒伯特的方式，但舒伯特的话的确在理。他自己清楚，是时候考虑考虑收入的问题了，当然还有写作的事情。在纸钱的逻辑里，这两件事其实是一件事。

他搓了搓手，上身冻得哆哆嗦嗦。

他准备回房，透过窗户看见舒伯特对梅依依说了什么，梅依依双手捂脸，痛苦地摇头。他连忙冲了过去，来到她身旁。她哭得十分伤心。

纸钱急切地问她："怎么了，亲爱的？发生了什么？"

梅依依摇头："不可能，不可能。"

"什么不可能？到底是怎么回事？"纸钱转向舒伯特，"怎么会这样？"

舒伯特说："彼埃尔死了。"

梅依依哭得更伤心了。

纸钱说:"谁是彼埃尔?谁?"

舒伯特说:"还有'枕头'(Pillow)。"

"到底是谁?怎么回事,亲爱的?"纸钱已经完全没了头绪。

舒伯特站起身,穿上了西服外套,准备离开的架势。

纸钱伸手拦住了他,舒伯特拍拍他的肩膀:"明必,我必须回宾馆住,明早8点钟还要开会。"

"那你告诉我到底发生了什么?"纸钱没有放手让他走。

"你还是问依依吧,这个事情我说不太合适。"舒伯特推开了纸钱的手,向门口走去,"明天开完会,我再来看你们。"

舒伯特不在了,梅依依也停止了抽泣。她紧紧地抱住了纸钱,他轻轻地摸着她的头发,亲吻着她的额头。他仍然很好奇到底发生了什么,但他清楚,这时的她需要的是他的安抚,而不是质问。

晚些时候,纸钱洗了澡,换了睡衣准备上床睡觉。梅依依已经躺在床上,她两眼直勾勾地盯着天花板。他钻进了被里,抱住了她。她仍一动不动地盯着天花板。

他用十分柔和的语气问她:"亲爱的,能说说刚才发生了什么吗?"

她没有任何反应。

他又说:"彼埃尔是谁?"

她说:"彼埃尔·巴尔蒂诺。"

"他怎么死的?"

她没有再回答纸钱,关上了床头灯,脱去了睡袍。

"我们做爱吧。"她爬到他的身旁。

"亲爱的,我知道你心情不好……"

纸钱的话还没说完,梅依依已经脱去了内衣,开始帮他脱睡衣。她低下身子,疯狂地亲吻他的脖子和胸口。他本来还想阻止她,可她丝滑的身子接触到他的皮肤,他已经完全丧失了抵抗能力,只好随着她的低声呻吟抚摸,亲吻她的胴体。

梅依依好像着了魔一样骑在纸钱的身上,她两手狠狠地按在他胸前,疯狂地摆动着臀部。他想说什么的时候,她就一把捂住他的嘴。几次他被她压得很疼,但她好像完全没有意识到。

纸钱根本无法享受这种方式的做爱,于是就强硬地把她推开,然后坐了起来。她没有就此结束,还想继续下去。

纸钱大叫:"梅依依,不要这样!"

她这才很不情愿地停了下来,用被子裹住了自己的身体。

"你到底怎么了?"

她没出声地哭了起来。

"到底发生了什么?为什么我一提到彼埃尔你就变成这副模样?"纸钱有些后悔提到彼埃尔,但还是没能忍住。

"你对彼埃尔比对我的兴趣还要大。"

纸钱情绪激动："你这是什么意思？"

她说："那你为什么因为他而不和我做爱了呢？"

"你这是无理取闹，梅依依！"

"我说的是事实，怎么成了无理取闹了？你和别的男人一样，只关心你自己想知道的，而不管别人心里是否舒服。"

"你是在说我吗？"纸钱的大喊大叫在继续，在持续发酵中。

"你真让我失望，明必。"

她一字一句，起身穿上睡袍向楼下走。

纸钱马上跟了过去："我难道没有知情的权利吗?!"

他的号叫已经完全失去控制了。

她没有再理会他。她站在厨房里喝着剩下的葡萄酒。

"听着，你最好把话给我说清楚！"他发了疯似的，理智已经完全丧失。

梅依依冷笑，很轻蔑地瞧着他。

"你说不说，彼埃尔到底是谁？"

她故意用轻飘飘的语调说："是我原来喜欢过的人。"

纸钱声音越来越大："就是你原来的男朋友，对吗？"

"不是。"梅依依语气异常确定。这让他马上想到了她滥交的那些勾当。

"不是？那是什么？"纸钱也模仿她的冷笑和轻蔑，"就是那种随随便便上了床的家伙吧！"

他的如此刻毒的话对她而言犹如耳旁风,她压根就没有理睬他,继续慢悠悠地喝着葡萄酒。

他索性更进一步,拿出了破釜沉舟的架势:"承认吧,梅依依。我没提,不代表我不知道你做过的那些恶心事!"

"我承认,我根本也没想隐瞒。你还想知道什么?想问什么尽管问。"

"你们上过床,对吧?"

"没有。我想和他上床,可惜他不想和我上床。"她说这些事时从容的神态让纸钱的愤怒几乎到了极限。

"哼,怎么,是人家嫌你脏吗?"

"明必,不要把别人看得跟你一样无耻。"

语音未落,她将空酒杯用力地砸在地上。

纸钱几近声嘶力竭:"你说我无耻?比起你干过的那些恶心的勾当,你没有资格说任何人!"

她看也没看他一眼,径直走向楼梯。

"梅依依,你就是个婊子,你知道吗!"

梅依依站在楼梯中央,回头对纸钱轻声细语地说:"我对于你来说,从来都是个不干净的婊子,不是吗?"

纸钱瞬间没了脾气,呆滞地站在那里。

她回到卧室,关上门。

他听到衣柜门撞击发出的响声。

纸钱冲到门前:"你要去哪里?"

她连头也没抬,愤怒地翻腾着衣柜里的衣服。

纸钱的黑司街 / 83

他认为他必须问她,她必须给他回答:"这么晚了,你要去哪里?"

尽管他心里很明白这样问是没有任何意义的,但他还是会担心她现在到外面去,尤其是在黑司区这种地方。

纸钱上去一把抓住了她的手,她仍然视他为无物,用另一只手继续翻衣服。

"听着,亲爱的,我说了很难听的话,但我心里并不是那么想的!"他心里想的是向她道歉,但是说出来的话并不能准确表达他当下的心情,话里明显憋着一股火气。

"我早警告过你,不要再对我说'听着'这个字眼,我更不是你什么'亲爱的'!我很脏,这点我很清楚!"

她从先前控制着的情绪中冲出来,她愤怒了。说话的声音也变得很大。她顺手抓了一件大衣和一条牛仔裤,甩开他的手径直冲下楼梯。已经乱了方寸的纸钱紧跟了下去。

"亲爱的,你现在不能出去,这样实在太危险了。"

梅依依已经穿好了裤子。见她一心要走的架势,纸钱越来越紧张,刚才的火气也没了,一心想的只是把她留住,一定要把她留住,无论如何要把他留住。他心里很明白,她不只是想出去走走,而是要彻底离开。

"谁是你亲爱的?我是条肮脏的母狗!"

梅依依披上大衣就往门外冲去。纸钱已经堵在门口,用身体挡住了门。

纸钱一脸诚恳:"对不起,依依,请你不要再继续说那么难听的话了,我没有任何想侮辱你的意思。"

梅依依没有一点缓和的态度,而且显得异常的冷静:"你没有。是我自己说的。我就是这么看我自己的。我是条肮脏的母狗。你需要的不是我这样的母狗,你需要的是一个没有瑕疵的,圣洁的,为你而生的女人!我不是为了你而生的,你给我让开。"

"依依,请你看着我,"纸钱端起双手扶着她的肩膀,"没有你,我不会来到这里,没有你,我的生活不会是现在这样。你不可以离开我,没有你,什么也没有意义了。我恳求你,恳求你不要走。"

他的眼泪已经流到了下巴上。他哭的原因一方面出于害怕,另一方面是委屈。梅依依也流下了眼泪。他从她泛红的眼珠中看到了她留下的一丝希望。

"我曾经和你想的一样。"她用手抹去了脸上的泪珠。她慢慢地推开了纸钱的手臂,将他引到一旁:"现在我不再那么想了,你没有让我看到希望,明必,从来都没有过希望。"

她稍许停顿了一下,然后坚决地打开门离开了。

纸钱没有去追她,而是缩成一团,瘫坐在门后。他心里想不通,为什么就那么轻易地让她走了。

纸钱的黑司街 / 85

3

梅依依到了早上也没有回来。纸钱打了无数个电话给她,始终没人接听。他还时不时地往窗口瞥上一眼,根本不见她的踪影。

纸钱在她脱下的一件外衣里找到了她的电话和钱夹。他实在想象不出她能去哪,身上既没有电话,也没有钱。

他差一点就拨了报警电话,又觉得事情可能并没有想象的那么糟。

纸钱泡了一杯茶,坐在沙发上。几口热茶落肚,他冷静下来。他是那种能伸能屈的大丈夫,自有一套战无不胜的逻辑来宽解愁肠:

如果她没有钱,她就不能坐出租车;夜里又没有火车和巴士,所以她一定不会走得太远;她随身没有电话,那么也无法与其他人取得联系。她应该快回来了,就算仍然在气头上,她也会回来取她的电话和钱夹。届时我一定不会让她再离开这里半步,我要用尽一切办法留住她。我可以继续道歉,继续恳求她,那样她就会消气。毕竟矛盾激化的主要原因,是我在吵架时说的那些难听的话,我统统收回便是。大丈夫能伸能屈。

梅依依不在的这几个小时里,他虽然不觉得有天塌了般的痛苦,但还是有一种无法形容的难受与不自在。他极度紧张,坐立不安,不能正常思维,手脚冰冷。他甚至觉得之后会发生更可怕的事情。这些比起让他向她妥协道歉,低头认错更难忍受。

虽然纸钱自认为一个男人心理上的雄性尊严是不可侵犯的,但比起眼下的折磨,他宁肯不去顾及那些所谓的尊严。

他焦虑地等到了中午,梅依依还是没有回来。他又一次用早上分析出来的结论安慰自己,让自己尽可能地保持冷静。

前几天除了下雨就是阴天,而今天外面的阳光却异常灿烂。他守在窗口,左右来回张望。邻居的乌克兰女孩已经上完早课回来了,瞧她满脸倦意,估计回到家中的第一件事就是倒在床上补上一觉。

纸钱搓了搓手掌,又搓了搓疲惫的眼睛,他呼出的热气在玻璃上留下了一块雾斑,遮挡了他的视线。他马上用袖口将其抹掉。他此刻最大的心愿,就是梅依依能在下一秒出现在他的视野中。

纸钱的眼睛疲惫到逐渐不能对焦。为了躲避刺眼的光线,他闭上眼睛,倚在窗台上睡了过去。他做了一个梦,一个一点也不抽象离奇的梦。这个梦像是一个基于他现在的想法和处境的预言。

梦里,梅依依回到了他的身边,并向他道歉。她乖顺地趴在他的大腿上,开心地点着头。一切都显得那么美好,

纸钱的黑司街 / 87

就连原本灰暗的屋子里都洒满了温暖的阳光。梅依依问："你不想问问我这一夜到底去了哪里吗?"房间里的气氛立刻回到了之前的灰暗。她站了起来,满脸的轻蔑。她伸出一只手,用食指在他面前晃了晃。她走向门口,他想起身阻止她,但就是使尽全力也动弹不得。有人用力地砸门。

他睁开眼,砸门声仍在继续。他应了一声,急忙起身去开门。可能是左腿被右腿压住的缘故,他发觉左腿已经完全麻痹,不听使唤。这也解释了他在梦中不能动弹的原因。

他一瘸一拐地走到门口,迫切地打开了门,他认定是梅依依回来了。结果不然,而是穿着一身正装,手提公文包的舒伯特。

"下午好,明必。"

"噢,是你啊。"

舒伯特脱下外套,"你的腿怎么了?"

纸钱用左腿使劲跺了跺地板,抖了抖,为了加快血液循环,"没事,麻了而已。"

舒伯特一脸开心,好像中了六合彩似的。纸钱不知道什么缘故,也懒得去问。他去厨房烧水做茶。舒伯特打了个哈欠,伸了一个令人羡慕的懒腰。

"茶?"

舒伯特点了点头。

纸钱迫不及待地告诉了舒伯特梅依依出走的事情:"我

都快疯了,你知道吗?"

舒伯特不紧不慢地吹着热茶。

纸钱继续说:"她没有电话,没有钱,我差点报警。"

舒伯特小心地喝了一口热茶:"她在我住的宾馆里休息。"

"你住的宾馆里?"

"是的。她一大早来宾馆找我。我替她付了出租车费。她看上去很疲惫,而我8点钟又要开会,于是我就让她在我的房间里休息。她说你们吵翻了,不想和你继续吵下去,所以才出走的。没等我详细问,她就睡着了。"

"那你他妈的不会通知我一声吗?我都急疯了,疯了,你知道吗!"明必冲着舒伯特咆哮,喷了他一脸的吐沫。

"我本想通知你,依依不让。明必,镇静点。"

舒伯特抹了抹脸上的吐沫星子。

纸钱不依不饶:"嘿,舒伯特!你真他妈是个蠢到极点的屁眼儿!她让你去见鬼才好呢!"

"是她说的,她说你们之间没发生什么大矛盾。估计你那会儿也睡了,所以让我先不要通知你,怕影响你休息。"舒伯特一脸无辜,"再说,我这不是亲自来了嘛。"

听到"没发生什么大矛盾"这句话,纸钱心中安分了许多。这并没有减轻他对舒伯特的气愤。他拿起茶杯,来到他守了一早上的窗户前,回头对舒伯特说:"抱歉喷了你一脸吐沫。但这也改变不了你是个屁眼儿!"

舒伯特不以为然地笑了笑:"只要你不是屁眼儿就行,要不喷我脸上的还指不定是什么呢。"

纸钱自然想立刻接梅侬侬回家,舒伯特却阻止了他。舒伯特认为矛盾毕竟已经发生,最好等双方都彻底冷静下来再说。

他没忘了向他询问彼埃尔。舒伯特把之前的事情详细地讲了一遍。

彼埃尔·巴尔蒂诺是梅侬侬在巴黎时的好朋友。他们曾经是邻居,也做过室友,后来梅侬侬搬到了皮加勒区。彼埃尔和舒伯特不是很熟。他通过梅侬侬认识了莉迪亚,三个人时常一起看电影、逛街。彼埃尔不久前出了一场车祸,丧了命。莉迪亚参加了葬礼并且托付舒伯特来伦敦时再向梅侬侬转达这一令人难过的消息。

"枕头"则是一条吉娃娃狗,它和彼埃尔形影不离,所以也在车祸中丧生。"枕头"先前由梅侬侬和彼埃尔共养,梅侬侬搬走了才由彼埃尔一个人继续养。

"他们曾经一定有过关系咯?"纸钱一点也不关心这两个东西是死是活,只想确定这个彼埃尔到底和梅侬侬是什么关系。

"关系?你指肉体上的吗?"

纸钱的口气相当肯定:"对!只有情侣才会共同养宠物。"

"明必,你的确有点可笑。在你的脑子里,不干净的东西简直太多了。"

"你怎么知道没有？连她自己都已经承认了。"

舒伯特比他还要肯定地说："根本不可能，因为彼埃尔是同性恋。"

纸钱发现自己就像一只装扮成人跳舞的猴子。他怎么也没有想到，这场给他带来如此之多烦恼和痛苦的吵架的起因竟然是一个同性恋和一条宠物狗。

舒伯特自然站到了梅依依一边。纸钱没有体现出对恋人应有的同情，反倒对她满是质疑和指责。想必没人会在这个时候替他撑腰，就连他自己都感到十分惭愧。

纸钱恍然大悟。彼埃尔和那条狗，就是他们俩接了他第一次打给梅依依的电话。

他暗暗咒骂："那狗的声音和主人一样，都是那么软绵无力。"

舒伯特和纸钱去了宾馆。梅依依坐在纸钱的对面，一头散发，脸上也没有化妆。她用手拢了拢头发，没精打采地看向窗外。

纸钱几次试图和她说话，她只做简短答复。"我只是累了，不要担心"，这句话她说了不止一次。舒伯特没有刻意地去调节气氛，只是埋头书案上的文件。整个气氛就像三个陌生人凑在了一处，甚至比那更糟。

纸钱和梅依依乘火车回家。一路上他们谁都没有主动说话。几次她差点睡了过去，头下意识地向他肩膀方向倾斜。她马上警醒,立即摆正了姿势。这样的动作摆明了她视他为陌生人的立场。

  他原本一心愧疚,想向她道歉的心思顿时烟消云散。他觉得说再好听的话,她也不会像之前那样原谅他。他认为,如果她有和解的表示,那么她终究会开口说点什么的。

  她最后还是什么都没有说。

坐牢的前戏

1

我安静地坐在阿克斯布里奇（Uxbrigde）警察局的审讯室里，对面是穿便衣的女警探。

我问女警探，"从哪里讲起？"

"从你们第一次分居吧。"

我看了看审讯室墙上的挂钟，已经是半夜 3 点。我喝了口水，清了清嗓子。

我们过了一段浑浑噩噩的日子。梅依依已经多次直截了当地提出了分开，用她惯用的话说，"我们没有理由继续折磨对方了"。

每当我气得丧失理智的时候，也会说出类似的话。但我冷静下来后，还是会换种角度去看待每一次争吵，试图去找到吵架的原因，并将其区分开来。逐渐，她也会把这种无休止的矛盾理解为一种重复性伤害，而我的态度直到我第一次正式地搬出了我们共同生活的房子后也有了很大转变。她没有阻拦我,甚至连阻拦的念头都不曾有过。

当然搬出去的人是我,那毕竟是她姑妈的房子,我没有任何理由留在其中而让她搬出去。

刚安顿好再次搬家不是一件容易的事。先要找到合适的房子;把自己的东西整理打包;搬运到新房子里,再拆包整理;重新熟悉新环境,要明了哪里有超市,哪里有面包店,哪里有咖啡馆。我不想留在黑司区,我想搬到其他的区去碰碰运气。

新的住所很快找到了,我认为自己运气不错。唯一的缺点,那是一间没有任何家具的房子,需要我自己重新布置,这不仅要花费我一笔钱,而且我也不能马上入住。

房子的地址符合我的要求,尽管离黑司区不是很远,但已经不是同一个区域了。这里叫哈罗区(Harrow),伦敦西区偏北,靠近大名鼎鼎的温布利球场。那是一个单身公寓,只有一个大房间。有一个电炉,可以做些简单的食物。卫生间很窄,没有浴缸,只有一个有些堵塞的淋浴头。房间朝南,阳光很好,如果有太阳的时候。我买了些简易家具,加上运费还是花了我一些钱。这样一来,我的积蓄已经所剩无几。

我自己很清楚,我需要尽快进入写作的状态,不论写什么。我只有通过自己的劳动才能得到经济上的补充。

梅依依去了一个在伯明翰的朋友家住,她说等我搬家结束再回伦敦。自从我们决定分居后,她一直都很避讳与我正面来往。我起初觉得心里难过,还试图跟她联系,但她几乎没有接过我的电话。

我们最后的两次通话,一次是她提醒我补交电费,一次是她催促我尽早将所有我买的东西搬出去,否则她会统统扔掉。我告知她可以随意处置那些东西,凡是她看不顺眼的,都可以不要。我不想再返回那个房子。还有,她说准备把壁纸撕掉,因为那也是我当初选的。

我想过回柏林,不止一次想过。但可能心里还是没有完全放弃和梅依依复合的希望,最终选择了留下。

我重新开始了写作。起初非常困难,常常几天坐在那里,一个字也憋不出来。不像从前,如果写出东西自己不喜欢,可以再去修改或者删掉重来。那些日子简直是一种煎熬。

熬过好些日子,我才从困境中走出来,终于写出一篇像样的中篇散文。

我直接传给了柏林的一家杂志社。他们很快回复了我,同意发表,并且稿酬给得十分大方。眼下,我急需这笔小钱,更需要持续写下去的状态。

之后的两个礼拜,我进入了高产期,每三天就可以完成一篇初稿,并且马上可以找到地方发表。虽说没写出让自己欣喜或者兴奋的东西,但这些看似不经意的短文帮我重新恢复了写作的习惯,还有一笔笔的稿酬。我不像之前那样担心生计了，心情自然也放松了许多。

我逐渐去适应没有梅依依的生活。有时我想念她，想见她，起码通个电话也好。但我劝告自己不要这样想，这与梅依依没有关系，她可以是任何一个女人，甚至是男人。我只是忍受不来一时的孤寂罢了。也许是我到了某个年龄，对生活里能有一个固定伴侣的渴望愈发变强。

很奇怪，我从来想不起莉亚，她是我前妻，按说，她和我的关系比梅依依还要紧密。

我也时常回想梅依依不可理喻的一面，那张冷漠和充满敌意的脸孔。为的就是找寻一种安慰自己的平衡，只有平衡的时候，我才是平和的，才可以写作。写作是我维持生计的唯一技能，是我安身立命的根本。

我每礼拜可以赶出三篇短文或者评论，这使得我的经济状况前所未有地宽松，同时头疼的事情也随之出现。我无法继续这样写下去，不停地重复性写作简直令人无法忍受，我有时甚至会为此感到恶心。在交付了最后两篇评论后，我婉转地告知编辑们说我需要休息一下，也许去度个假。他们表示理解和支持，但最后还是拐弯抹角地希望我很快能回来继续供稿。

我其实并没有休息，而是直接开始了一个小说的创作。我想写这个小说已经很久了，只是始终没有找到一个合适的时机。现在，机会找上了我。

我每天的生活相当简单，一目了然。我是个时间观念很淡的人。早上要用一个半小时的时间洗澡、剃须、准备早餐；用大概四十五分钟来吃早餐，读读订阅的《卫报》。

午餐前的几个小时里，我多半会看看小说，偶尔也会听着音乐翻阅杂志。杂志大多是关于体育的，也有一些是关于园艺的。

说到园艺，这是我多年以来的一个爱好。我不喜欢自己种植，也不喜欢亲力亲为地设计、安排或者维护。说得再直白些——我没有耐心去创造一个属于自己的园子，只是喜欢欣赏别人用时间和心血堆积出的成果。杂志里经常会介绍一些园艺技巧和窍门，我心里明白，我缺的不只是耐心。

每个月的那几本杂志都翻过不止两遍。我偶尔会找一本小说来读。礼拜五，我会去哈罗区的公立图书馆，平时读的小说基本是从那里借来的。

小说的类型我不挑剔，每次我快速地挑出三本书后离开。到了还书的截止日期，我再将书全部归还，尽管好多时候我只看完了其中的一本。

我正在读一本叫《好人难寻》的小说，作者是美国的弗兰纳里·奥康纳。之前我对这位女作家一无所知。

我习惯在午餐至傍晚之间的时间写作，当然不是每时每刻地写，有时候也会停顿许久，再次翻开之前读的小说，读上几行。这不但不会影响我的写作，还可以有效地缓解我大脑的疲劳。

晚餐是一日三餐中最简单的一顿,我会切上几片干面包,配上点黄油和奶酪,或者香肠和酸黄瓜,另加一杯淡咖啡。

如果餐后心情和脑子都还可以的话,我就再写上几个小时,直到想睡觉为止。如果不想再回到书桌,那么就出去走走,去附近的一个小酒馆喝一杯扎啤,听听那里的常客谈天说地。不管哪种选择,一天的结束总是一样的,就是躺在被窝里安稳地睡到天亮。

梅依依逐渐淡出了我的脑海。

每个礼拜天,我会去城镇中心的超市买一些面包和牛奶。我仍然在吃和梅依依一起生活时吃的那种面包,这种时候我才会想到她和与她一起时的某些片段。

我马上会问自己这样的问题:她是不是也还在买同样的面包?我摇摇头。同样的例子也会发生在买牛奶的时候。

舒伯特和我也很久没有联系了,我想他一定是很忙,跟钱打交道的人都是一个德行。

待小说完成,我会再去巴黎找他,也可能直接从巴黎回柏林,彻底离开伦敦。这只是我眼下的想法,我还没有做任何决定。但在小说写完之前,我没有任何离开伦敦甚至离开哈罗区的想法。

小说进展很慢,又两个礼拜过去了,我连预期的三分之一也没能完成。但我仍坚持每天的生活节奏,这样心里起码是踏实的。

我出门的次数比以往更多了，不光是在附近散散步或者去酒馆。我会坐火车去威斯敏斯特区瞧瞧，或者坐得更远点到南岸。路过市中心的话，就去博物馆里转转。总之，待在家里我有些厌倦了。可能是我享受够了一个人的宁静，希望能有一个真真切切的人陪伴我。新的一轮烦躁又开始了。

几天后，我认识了一个女人，在唐人街的一家餐馆里。我当时在那里吃晚餐，她坐在我的后面。我从镜子里的反光注意到这个人，因为她在我的身后，所以格外引起了我的关注。

我点了一份中式的炒饭，她点的是一份烧鸭和一份蔬菜。

她吃饭的样子很专注，几乎从不抬头。她的样貌不吸引我，我也说不清是什么力量让我坐到了她面前。我礼貌地问候她，她抬头盯着我，稍微有些诧异，脸上露出了可人的笑容。

我向她介绍我自己，她听得很仔细，眼睛始终盯着我的眼睛。她从手提包里翻出一副绿色框的眼镜戴上，继续听我说话。她似乎不是十分健谈，每次我问她问题，她才会张嘴说话，而且回答都是简单短促。

几个回合下来，她对我没表示出兴趣或者好奇。她礼貌地等待我说完，然后随意找个推辞的理由摆脱我。

我的视线被她的小脸填满，在心里想象她的身材是怎么样的。她的嘴唇让我想象出她的腿，她的鼻子让我想象出她的屁股，她的眼睛让我想象出她的腰线。与此同时，我的嘴仍在不停地上下张合，说着话。

我们一起离开了那家中餐馆。她挽起我的手，什么也没有说。我牵着她去火车站。

她问我从哪里来，又问我为什么来到伦敦，最后问我做什么职业。我告诉她，我从柏林来伦敦是为了一个女人，又说我是一名退役的运动员。

她似乎不信我说的这些。

她已经自在地靠在我肩头，一只手挽着我，另一只手放在我的大腿上。她叫霍莉，霍莉·库珀。

我把她带到我的住处。主动凑到她的嘴边，试图亲吻她的嘴唇。她的眼睛眯成了一条线，镜片挂上了一层雾气。我们亲吻了很久，然后做爱了。

除了想和她睡觉，我对她的记忆相当模糊，几乎记不得她的长相。

2

霍莉·库珀是一个土生土长的西伦敦女孩，家住在富勒姆区。

由于薪水太低，她无法负担在西伦敦的房租，只好借住在父母家中。据她说，她今年21岁，在一家印度人开的律师事务所做接待员。她每周上三天班，薪水少得可怜。

她的父亲是一名修屋顶的技工，母亲是家庭主妇。她有一个弟弟、两个妹妹。这些都是她在我们第二次约会时告诉我的，也就是我们认识后的第二天晚上。那天是礼拜二，我们约在她下班后一同晚餐。

霍莉穿了一身工装，白色的高领毛衣，外面是一套料子很讲究的毛料西服；下面是配套的短裙、黑色薄丝袜和深蓝色的高跟鞋。

她看上去比昨天更有女人味。她换了一副棕色玳瑁眼镜，细长形的，严严实实地卡在她高耸的鼻梁上。

我站在马路对面。她看到了我，摆了摆手，又连忙整理了一下她盘起来的头发，表情有点羞涩。

她到了我跟前，我拥抱了她，顺势在她的脸颊上轻轻地亲了一下。她挽着我的胳膊，我搂着她的腰。

我瞄了她耳朵一眼。她的耳朵小巧精致，从轮廓到形状都是完美的。她的耳郭很薄，光透过去衬得整个耳朵变成了粉红色，每一根血管都清晰可见。她的臀部丰满，今天她穿的短裙尤其突出这一点。她的大腿有些粗壮，英国女孩这样的腿型很普遍；而小腿却很纤细，脚踝的两块骨头明显突出。

她身上散发着一股浓重的香水味道，可以想见那是为了这次约会准备的。是那种闻多了会反胃的气味。

我们来到一家巴基斯坦的咖喱馆子，里面挤满了人。

从门外看去，里面就是黑压压的一片，窗户上满是雾气和人的手印。

霍莉告诉我，这个地方她常来，原因是廉价。关于味道，她晃了晃脑袋，表示过得去吧。正因为挤满了人，加上饭馆里混杂着刺鼻的咖喱香料和油烟味，我有些呼吸困难。

霍莉劝我出去等她。我长出了口气，回头张望着里面的霍莉，心里想，等她出来时，她的香水味和咖喱味混在一起，那将会是一股多么难闻的气味啊。

我们站在那家馆子的门口吃完了晚餐。她好像是饿了，吃得又急又快。我忍不住好奇，问她为什么吃饭时那么精神集中，她摇摇头，她也不知道为什么。

我们坐了几站地铁，来到了海德公园的北面。她提议进去走走。晚上的海德公园安详而静谧，偶尔会有一两个慢跑者从身边经过。霍莉和公园一样宁静，我也不想刻意找话来说。

霍莉坐在了我的大腿上。她把包放在了长椅上，双手搂住了我的脖颈，然后将脸凑向我的脸。我们开始亲热。她用手轻轻地抓了我的头发，忘我地亲吻着我的脸颊。她抓住我的手，用力地拉向自己的屁股，面目有些狰狞又有些挑逗地瞧着我。她撕咬着我的嘴唇，我已经感觉到嘴唇在流血，嘴里一股血的腥咸味。

毋庸置疑，霍莉很享受。而我自己呢，我不知道，除了有些痛感，没有其他特殊的感觉。她喜欢这样，她之后明确地告诉了我。我同样告诉她，这不能使我更兴奋，但我也不反感。

另外，那天她身上的那种混杂的气味让我特别不舒服。第二次约会就这样以我们在海德公园的长椅上做爱结束了。我们一道去地铁站，乘同一条地铁，却是相反的方向。

我洗澡时发现背上有若干条分布对称的深红色抓痕。

第三次约会定在礼拜五，她准备在我这里度过一整个周末。这天上午，我出去买牛奶回来。看见家里的电话留言键闪着红灯，这个键先前从未亮过。

我将牛奶放在冷柜中，并没有急于去听那条留言。我心里寻思着会是谁的留言。只有一个人，不会是别的人。梅依依。

"嘀……纸钱，是我，如果你在家就请你拿起听筒……你在家吗？如果你确实不在，那么请你回来的时候回复我，我的号码没有变。嘀……"

好像只有梅依依的声音是我永远都不会与其他女人混淆的，这点我从认识她那一刻起就很确定。

我又按了留言键。这次我只听到梅依依的声音颤动，丝毫没有在意她话的内容。我又听了一次。

接下来的一个小时里，我反复地按着留言键，不间歇地点燃一支又一支烟，直抽到自己咳嗽，干呕，恶心。脑子里只有梅依依的声音，并且越来越模糊。一包烟里还剩下三支,说明我已经连续抽了十六支。我不得不去喝点水了,咽喉里充斥着焦油的臭味。我喝下一口水,又吐了出来。我趴在水槽里呕了几下,只有唾液和痰。我又冲向窗口,朝着街上猛咳了几声。这股难忍的恶心劲过去了,我才意识到抽烟没能帮上我的忙,我反而更加混乱,无助,焦虑。

我决定打电话给梅依依。

电话响了七声后自动转到了留言,留言的录音仍是我们当初一起录制的那段:"纸钱,依依,他俩这会儿都不在家。留个口信吧,我们会尽快联系你的!"

嘀声过后,我留了如下一段话:"依依,我收到了你的口信,刚好那时我不在家,所以没有接到你的来电。如果有事的话,你可以晚些时候打过来;我也会再次打给你……就这样,祝你周末愉快!"

最后一句"祝你周末愉快"并不是我的本意,我本想什么都不说就挂断,但那样显得太仓促了。我的确紧张到不会说话了,从来没有如此紧张过。

要不了多久,梅依依又将重新回到我的生活。我当然已经彻彻底底忘记了和霍莉的约会,当然也就再没见过那个叫霍莉·库珀的女孩。

3

已经是凌晨 4 点半,我向女警探申请短暂休息。

女警探说:"我要抽支烟,你呢?"

我说:"我也可以抽烟吗?"

"可以,但是不可在房间里。"

她一直在仔细地倾听。倾听是件很累人的事情。

他们站在警察局的门口,望着空空的马路。天色逐渐亮起来,这让路灯显得没有之前那么闪亮了。女警探从口袋里掏出一包红色万宝路,拿出两支,一支递给了我。

我说:"谢谢。"

女警探帮我点燃了烟。

我好奇地问:"能问你的名字吗?"

女警探说:"见面的时候,我报过自己的名字。"

她没再说话。我也没有再问。

"时间差不多了,我们该回去了。"

女警探说罢将烟头弹向马路中央。我踩灭了自己的。

女警探说:"邓恩,邓恩警探。"

我做了一个知道了的手势,和邓恩警探回到审讯室。

"继续吧。"

4

当天晚上根本无法入睡,我焦虑地守在电话旁,时刻准备抓起电话的听筒,同时心里又在质疑梅依依是否会回我的电话。

我很紧张,甚至不由自主地发抖。坐下又站起来,如此反复多次。心里乱糟糟的。

如果梅依依找我不是为了与我复合,我该如何应对?

如果她说要见面,那么是约在今天晚上还是听她的安排?

如果她想见面,我一定争取马上见到她。

如果她变了主意,彻底不想见面了,我怎么办?

我心里乱极了,没有一条清晰的思路。我估计自己肯定是挺不过今天晚上了。

我想抽烟来分散注意力,但又怕自己的咳嗽病再犯。总之,做什么事情都不对,脑子里就像被打了无数个死结一样。我内心恐慌,浑身冒冷汗。

她在凌晨1点钟终于打来了电话,我一把抓起听筒。

她的声音很有礼貌:"你好吗?抱歉这么晚才打来。"

我说:"再晚也没有关系,只要有你的电话,只要听到你的声音。"

"纸钱,我不知道该从何说起,你知道,这么久以来……"

我说得结结巴巴："我知道，我们都有不冷静的时候。但是，我想说的是，我过得……自从生活里没有你之后，过得……"

电话的那边传来了她抽泣的声音。

我继续说："我过得很糟，不，是不能再糟了。你走了，我生活里少了最重要的那部分，你懂吗？"

"纸钱，不要说了！这一切不是因为我们两个都不冷静，而是……"她又顿住了。

我接上她的话："而是，我知道，我明白你的意思。我们后来过得不开心，总是争吵，回头想起，原因都是那么可笑。那些争吵是完全可以避免的啊！"

梅依依的抽泣更剧烈了。

"依依，亲爱的，那些事情都是没有对错之分的，不是吗？而我们总要分出是非，这多可笑啊！其实呢，我们从来没有分出过对错，我们是恋人，为什么要那么针锋相对呢？如果我能少说一句，或者你不再纠结一些小事的话，我们不会到今天这步田地的，不是吗？我们都不是完美的，我们都有很多毛病，我们都犯了些错误……但我们完全可以排除这些障碍，因为我是爱你的，你也是爱我的，所以才会选择在一起啊！"

她停止抽泣："不要说了，事情不是你想的那样。我只是想你了，我只是最近特别地想见你。我们见个面吧。"

"明天可以吗?"

"就明天。你回家来吧,我在家里等你。"

她挂断了电话。

我许久没有把电话听筒放下,也丝毫没有意识到听筒那边传来的忙音。

她让我回家,在家里等我,我没有听错,绝对没有。

第二天早上,我洗了澡,刮了胡子,穿了件许久未穿的蓝色衬衫,面带微笑地离开了住所。当我乘公共汽车回到黑司区,心里忽然有一种十分亲切的感觉。我们分居后,我再也没有来过这一带。

我又看到了那家我和梅依依经常光顾的印度小吃店,还有那家阿拉伯人开的清真超市,那个波兰胖子开的面包店。

我顺便买了束鲜花,准备送给梅依依。这么久没见,不知道她现在过得怎么样。我很期待见到她的那一瞬间,我在想是否要拥抱她,还是轻轻地抚摸一下她的手臂或者脸颊?她应该不会排斥我拥抱她的,她也许会主动上来拥抱我?如果是这样,也许我应该吻她的额头。我希望她能喜欢我送的花。

我按下门铃耐心等待。隔壁的邻居向我友好地挥了挥手。梅依依开门的当口我才反应过来,邻居似乎换了,那个乌克兰的女大学生好像已经不住在这里了。

"纸钱!"

梅依依面带笑容,眼神里还有一丝清晨的倦意。她除了有些消瘦外,没有什么变化,依然是那么漂亮迷人。

"送给你。"我递上鲜花。

光顾着看梅依依,我完全忘了去拥抱她。她没有主动上来抱我,但她的表情也没有任何不欢迎或者不友好的意思。

"谢谢。你的花很美,我很开心。"

我们俩坐下来。我几乎认不出这个地方了,因为它彻底变了样。客厅里没有一件家具是原来的,墙壁上也换了墙纸,盖住了当初我们亲手涂的颜色。房间里的格局也有了变化,沙发和茶几换了位置。整个房间给人的感觉很明亮,好像比从前更宽敞了。

梅依依端来了茶和牛角面包。

"不放糖,对吗,纸钱?"

"对。"我端起茶杯,喝了口热茶,"我完全认不出这里了。你花了很多心思和时间。"

"当然了。"

我问:"原来的那些家具呢?"

"扔掉了。"

"全部都扔掉了?"

"是的,全部都扔掉了。不光是这里,整个房子里原来的物件都被我扔掉了,一件都没有留下。"

"我能问问为什……"

她接住我的话:"是时候把它们换掉了。你吃面包,今早买的。"

"因为那些都是我们曾经共同用过的,所以才扔掉吧?"

梅依依不予理会。她抓起一个牛角面包咬了一口,面无表情地看向窗外。

我稍许有些紧张:"我是开玩笑的,亲爱的,不要在意……是应该换掉那些旧的东西了。"

"你说的没错。正是因为它们都有你的痕迹,所以才换掉。我不确定哪些东西你没有碰过,比如说洗碗机,我怎么也想不起来你什么时候用过它。与其说让它留在那,勾起我对你的回忆,还不如通通扔掉。"

我希望她是在调侃。但她一点开玩笑的意思也没有。她拿来盛了水的花瓶,把我带来的花插进去,"真的很美,是吗?"

我点点头。

她又说:"我们以后要经常买些鲜花,我觉得家里需要鲜花。"

我问:"你当时那么厌恶我吗?"

"对,我更厌恶我们那时的生活。"梅依依并没有看我,继续摆弄着花。

"那你为什么还会想我,让我回家?"

梅依依这才把头转向我,看着我,"你昨晚不是已经给出答案了吗?因为你对于我来说也是很重要的一部分啊。"

我的声音露出了明显的胆怯,"你希望我们重新开始吗?我的意思是,我们可以复合吗?"

"这正是我想问你的。"梅依依起身,坐在了我的身边,还把一只手放在我的胳膊上。我盯着她的眼睛看,脑子有些恍惚。

"我一直都希望你能回到我身边,这也是我为什么没有选择离开伦敦的原因。"

她说:"但我很害怕,纸钱,非常害怕。"

"怕什么?"我抓住了她的那只放在我胳膊上的手,轻抚了起来。

"我害怕我们还会像从前那样无休止地争吵,害怕我们还是不能好好地在一起生活,害怕你不会改变!"她把头倚在我肩上。

"我不会像从前那样了,因为我们都爱对方,对吗?我们两个都会改变的,我们不会再去重复之前的错误了,你说呢?"

她说:"我还是没什么把握。我就是太想你了,那种想念让我变得特别不理智!我恨自己不理智。"

我安抚她说:"这不是不理智,你不用担心,一切都会好起来,慢慢地好起来。只要我们在一起。"

她激动得跳起来:"真的吗,纸钱?你愿意回来吗?"

"当然愿意,我一直在等着这一天。"我站起来一把抱住了梅依依。

她把头凑到我耳边，低声对我说："我们要一起面对问题，你愿意吗？"

"我当然愿意。"

"所有问题？"

我十分肯定："所有问题。"

她忽然又问："你交女朋友了吗，纸钱？"

我尽量不露出一丝迟疑："没有。"

"是因为你一直在等我吗？"

"我坚信我们会回到一起。"

她说："那你愿意继续等下去吗？"

我说："一秒钟都不愿意！"

"如果需要你再等上几天呢？"

"为什么？"

梅依依轻轻把我推开，径直走向厨房。我跟在她身后。她拿起一颗巧克力，放进了我的嘴里，"因为……是因为，我首先要离开我现在的男友。"

她两眼迷离地盯着我，好像在等着我开口。我用力地咀嚼着嘴里的巧克力碎块，一句话也说不出。

5

"是的，那个人就是哈维，哈维·李，是梅依依当时的男朋友。"

在开始叙述下面的经历前,我和警探分别吃了早餐。我的精神比之前更好了,邓恩则和开始时差不多。

知道哈维·李这个名字已经是我重新搬回黑司区之后了。我没有刻意去问,而是梅依依无意中说起过这个名字。

见面的第三天,我便收拾了几件换洗衣物和几本最近正在阅读的书,搬回了黑司街。

我没有马上取消自己在哈罗区的租房合同。那个租赁合同还要七八个月才到期,我不想花时间和房东去协商。我理智的一面也在提醒我,不要太盲目地相信当下,要给自己留退路。

梅依依不反对,而且觉得这样很好。她认为如果哪一天我们各自需要独处的空间,我就可以回到自己的房子里呆上几天,矛盾自然就淡化了,这样可以避免很多没必要的争吵。

我让她自己去处理和哈维·李的关系。她希望我能给她时间和空间,我毫不犹豫地答应了她。我还强调,只要不影响我们之间的感情,我不会问他们分手的进展,也不会好奇他们俩之前在一起时的种种。梅依依为此感到欣慰,她认为这是我改变的开始,也增进了她对我们复合的信心。

我们又像从前一样爱意浓浓。梅依依几次带有悔意地感慨,当初我们怎么会选择放弃彼此。是啊,不可思议,怎么会呢?

她在我们分居期间找了一份工作,在一家发行量很小的法文杂志当编辑。编辑是她的老本行,她在巴黎就做过类似的工作。

刊物的发行量不大,只是针对在英国生活的法国人群体。刊物虽小,但还是有不少的人投稿。这样使得梅依依每天都把大量的时间放在工作上。

她需要坐班。杂志社办公室在白城附近,她每天早上需要乘半个小时的火车外加二十分钟的公共汽车才能抵达。

我带嘲讽意味地问她:"为什么要把办公室设在那么靠近市中心的位置?他们用什么来负担高昂的租金?"

梅依依笑笑,拍拍我的脸颊:"为什么纸钱总要替那些不认识的人担忧这担忧那呢?这不是一个作家该想的事情啊。"

我没有停止写作,小说的进展很顺利,将要进入收尾阶段。每天梅依依上班的时候,我便在家里安静地写作。

晚上她下班回来,我们共进晚餐。和从前一样,有时我们自己做,有时我们买来吃。如果两人都有兴致,也会开瓶葡萄酒或者香槟什么的。饭后,我们会边吃冰淇淋边聊聊白天发生的事情。

她会跟我说今天路上遇到的人和事。我会跟她讲一些我创作上的想法。复合后的第一个月就这样平稳地度过了,我们没有一次不愉快,更没有吵过架。

梅依依和我的交流并不少,我们对诸多事情的看法很相似。

我们经常谈谈艺术和音乐,还有文学和历史。我们俩都不喜欢聊政治,因为那是不干净的东西。她对音乐很有见地,这点对我颇有启发。尤其是古典音乐,她可谓是精通。

她知道几乎每个作曲家,不论是哪个国家、哪个时代的,她都能说出每个人的代表作和风格。她最喜欢的作曲家是乔治·比才,她熟悉他的每一部作品,甚至他没什么名气的管弦乐。

她买了一组很贵的音响,我们经常听一些她推荐的曲目。有一次,我仔细聆听着《游吟武士》(威尔第的歌剧),梅依依突然问了我一个问题。

"我的一个同事今天告诉我,他曾经想过自杀。"

"噢?他怎么会和你说起这个来?"

"他就是说了,我也不知道为什么。"

"我说:'什么缘故让你有这种想法?'"

"他说他过得不好,他不喜欢自己现在的生活。"

我没有继续问,等着她继续讲下去。

"我也有过类似的念头。纸钱,你呢?"

我摇摇头:"没想过,也许我没有那种胆量。我想自杀是需要很大勇气的。"

"你怕死?"

"谈不上怕,谁都难免一死。但是现在,我还没有过死的念头。"

"我怕,真的怕。但比死更可怕的事有很多!在你我的生活里,就有许多比死还可怕的东西!"

我把音响的音量降低:"你的同事,他的家庭不幸福吗?还是……?"

"他说他没有家庭,因为他没有遇到合适的人。"

"那倒是怪可怜的。你安慰他了吗?"

"没有,轮不到我来安慰。我只听他讲,不负责其他的。他还说他要去卧轨,我难不成还要去把他从铁轨上拉回来?"

梅依依脸上露出异常的冷漠和傲慢,我极少见到她这种表情。

我装作没有察觉:"很少听你说工作的事情,既然聊到了同事,你们平时办公室有几个人?"

她似乎还沉浸在刚才的话题里,反应了几秒钟才回答我的问题。

"一共四个人:霍莉,她是兼职的前台。我。还有杰森,就是那个想卧轨的家伙,他也是编辑之一。对了,还有我们的主编,他也是这家刊物的老板。"

听到"霍莉,兼职的前台",我愣了一下。这应该是巧合,世界没有那么小。而我更感兴趣的是梅依依只说了两个同事的名字,唯独第三个人——他们老板的名字没有说,直觉让我突然对这个很好奇。

"你们老板叫什么?是个女的吗?"

梅依依起身走向餐桌,"他就是哈维·李,那个和我交往的男人。"

她很不以为然地拿起酒杯,回到我面前。她的回答出乎我的意料,我突然不知道该如何继续聊下去。

她喝了口葡萄酒,目光转向了别处:"你别那么纠结,还想知道什么就都问出来吧。我今天通通告诉你。"

我故作镇静:"他是英国人吗?"

她说:"伦敦人,土生土长。父亲是英国人,母亲是法国人。他的法语一流,在巴黎生活过。家境富裕,父亲是伦敦有名的心理医生,母亲是画家。他有一个弟弟、一个妹妹。弟弟在美国乔治城读心理学,妹妹在伦敦政治经济学院读金融。他今年32岁。曾在巴黎开过一家画廊,后来又和别人合伙经营过一家广告公司。去年回到伦敦,创办了这本杂志。他结婚了,有两个儿子。"

我打断了她:"你的意思是,他现在已经离婚了?我是说在他认识你的时候。"

梅依依面无表情:"没有。他没有离婚,他的婚姻很幸福。"

"我不明白。"

"纸钱,我知道你要说什么。我们在火车上相识,他坐在我边上。当时我们都去伯明翰。他明显很喜欢我,我们一路聊天。到了伯明翰,他邀请我和他吃晚饭。聊到和你的事情我哭了,哭得很伤心。他一直安抚我。他很体贴,而我那时最需要的就是这个。那天晚上我和他上床了。我无法拒绝他,他是个十分有魅力的男人,而且非常绅士。回到伦敦,我们相恋了。"

我此刻的心情难受到无法用言语形容,除了愤怒还是愤怒。但想到之前的承诺,我勉强压住了火气。

我压低声音:"他一定向你隐瞒了他结婚的事实吧?这种道貌岸然的有钱人……"

我的语气里充满了蔑视和厌恶。

"没有,他甚至因此拒绝了我。"

"拒绝?"

"是的。那晚,就是我们认识的第一个晚上,他就说到了他的老婆和孩子。他虽然喜欢我,但他不想伤害他的家庭,所以他拒绝和我上床。"

"狗屎!他竟然这么厚颜无耻!鬼才信这种屁话!"

我实在按捺不住了,声音提高了很多。我本想用更脏的字眼。

"我信,我相信他说的话。家庭对于大多数人来说是最重要的,我理解他。"

我再次强调:"他明显是在说谎,这种人不会与你真诚相待!"

"纸钱,你不要把你对人的看法强加于我。我对任何人都没有敌意,为什么要把别人往坏处想?你想知道,我就讲给你听。你不想,我们就没必要继续这个话题。"

我察觉了她语气中的那种强硬，于是没再继续咒骂。

我说："我想知道，你继续讲。我保证不再打断你，不再发脾气。"

"这是我第一次主动向一个男人示好并遭到拒绝。但我完全理解他当时的心情，我向他承诺绝不破坏他的家庭生活，并且尊重他对他妻子的感情。我愿意这么做，是因为我真的喜欢他，我认为他也真的喜欢我。我们彼此有好感，相互吸引，这是十分正常的事。那晚我们还是睡在了一起。"

她抬起眼看看我，似乎在观察我的反应。

"我们约定偶尔见见面，只在特别需要对方的时候。可是我做不到，我实在太害怕一个人待在这个地方了。哈维的存在让我觉得起码我不是一个人。偶尔的见面根本无法让我的心安宁下来，我时刻都在想他。他让我去他的杂志社工作，这样我每天都可以见到他。除了工作的时间，我们私下见面的机会很少，他需要回家照顾自己的孩子。他是个很尽职尽责的父亲。他经常来我这，有时会一起度过一个晚上，有时也会一起过一整个周末。"

我插上一句："换家具是因为哈维看不惯那些破烂货吧？"

"你不要用那种嘲讽的口气质问我！他和你没有丁点关系，何况那时候我已经放弃了你。我很绝望，你应该清楚我们之间发生过的事情。还要我继续讲下去吗？"

我听出了她话里的威胁意味,但我已经顾不上了,"这些新家具是他出钱买的吧?"

"这重要吗?纸钱,你难道不明白吗,我现在和你生活在一起,而不是哈维!你为什么不能换个思维方式呢?"

她用手捂住了额头。

"不重要,一点都不重要。那么什么重要?你告诉我啊!当你说到哈维时,你考虑过我的感受吗?他是多么绅士、体贴,有魅力……我真恶心极了!"

我狠狠地砸了自己大腿一拳。

"纸钱,亲爱的!我知道那样说你不爱听,但我只是不想向你隐瞒。我了解你的性格,你不问是在克制。你控制不了自己,你会无休止地把事情想到最坏。"

梅依依摸了摸我的脸,她语气这样温柔让我意外。我的火气因此消了大半。我抓住她的手,带着乖顺和渴望的语气恳求她:"亲爱的,我不想再听关于哈维的事了。现在呢,你对他没有那种感觉了吧?你跟他讲清楚了,对吗?"

"你个傻瓜,你这样子简直太可爱了!我当然不会对他有什么感觉了,我已经决定回到你的身边,而且我就在你身边啊!"

梅依依充满爱意地凝视着我,吻了我。

我迫切想知道她和哈维是否做了了结:"那他已经知道我们复合了,是吗?"

她显得无所谓:"我没有告诉他。这已经不重要了。"

"那你怎么跟他做了断呢？难道这不重要吗？"

"我只需要回到你的身边，这样我和他不就自然结束了吗？"

她脸上没有任何不自在的表情。我充满期待的同时，也努力压住自己的怒火。那怒火似某种正在迅速膨胀的气体，随时都可能把我的身体炸裂。

梅依依低声说："我希望你可以像你承诺的那样理解我。"

"那你还要去哈维那里上班吗？"

我希望她的答案是否定的。

对于她来说，这是另外一个话题："为什么不呢？我喜欢这份工作。"

我控制不住情绪，只有继续我的愚蠢："那么你和哈维每天都会见面？"

她摇头："不是每天见面，他隔两天才来一次办公室。"

他说："他不会误解你们的关系？"

她一脸无辜："误解？误解什么？"

我已经绝望了："误解你们仍然是原来的那种情人关系。"

"让他误解去吧。误解与否是他的事，我不能控制别人的想法。"

她起身走向窗边，然后突然转身，将目光投向我。我盯着她的眼睛，仿佛看到一道浑浊的水渠。她模仿着芭蕾舞演员的姿态向我迈步,每一步都轻盈无比,好像在水上行走。最后,她纵身一跃,重重地坐在我的大腿上,把头凑到我的耳边,用最轻柔的声调对我说:"我要去洗澡,和你一起。"

她睡熟了,我小心地爬起来,穿上了衣服。我来到门外的小花园,站在那里,脑子里全部是她和哈维在这里调情,亲热,做爱的画面。

他们一定像我们刚才在浴室里那样,他们可能还在厨房里,甚至这个房子的每个角落;还有那新买的床、枕头,还有我刚才睡过的床单,也许,不是也许,他们一定也睡过。我感到恶心,恶心到我无法在这里继续逗留。而我之前那些美好的希望和憧憬瞬间化为虚无。立即离开这里,我只需要回到房间,穿上裤子,就可以一走了之。这样,脑子里那些令我作呕的画面才会消失。

我用力地拍了拍自己的脸,扭头回到二楼的卧室。梅依依坐在地板上,身上一丝不挂。她仰头注视着我,好像等我许久了。她眼睛里含着眼泪,语气中带着哀求的声音。

"我以为你走了,我以为我又一次失去了你,我以为我只是做了个梦。"

我愣住了。她爬到我脚边,抱着我的腿,痛哭起来。我从没有见过她这副样子。

她哀求:"不要再离开我,求你,纸钱,再也不要离开我,求你,求你!"

坐牢的前戏 / 123

我把她扶起,从床边拿来衣服裹在她的身上。她紧紧地搂住我的下半身,一动不动。

她的声音战战兢兢:"不要再离开我,纸钱!你走了,我的世界就什么都没有了。"

我抚摸着她的头:"我不会再离开你,不会的……"

我把梅依依抱回了床上,自己也脱去衣服躺在她身旁。她的手始终抓着我的胳膊,她,慢慢睡了过去,我才小心地将胳膊抽了出来,转身背对着她。我心里问自己:

"你上来不是为了穿衣服离开这里吗?怎么又睡回到这令你恶心到不行的床上了呢?"

我一夜未合眼,始终没能想明白。

6

早上我醒来,早餐已经准备好了,放在桌上。梅依依已经去上班了,我瞥了一眼手表,估计这会儿她还没过伊令百老汇站(Ealing Broadway)。

我再次动了离开的念头。我头脑有些昏沉,因为只睡了三个小时不到。我盯着眼前这个面目全非的房子,所有那些令我作呕的画面又一幕幕重新回来,而且比昨夜来得更详细,更逼真。做当下这个决定对于我来说已经变得没什么障碍,但我仍然纠结不已。

我试图安慰自己,回想昨晚梅依依光着身子坐在地上苦苦哀求的模样。我放下手中的咖啡,来到浴室的镜子前,端详镜子里的自己。我的面容憔悴,一脸胡茬,它们好像一夜间长了出来。

我抓了抓蓬乱的头发,用冷水泼了泼脸,想让自己变得清醒些。我的目光投向了一旁的浴缸,梅依依和哈维两个人活生生地在我面前互相爱抚着对方的身体。我摇摇头,这种感觉实在太折磨人了。我用力地将拳头砸向了洗手盆,洗手盆裂开一道长长的裂纹。

我抬起头来,对着镜子里的自己说:"离开这里,现在就走!现在!"

我胡乱地收拾起来,抓起几件衣服塞进旅行包。环视四周,发现我的笔记本还在她的梳妆台上,一把拾起,塞进旅行包。

我犹豫了。我想留张便条,于是又从旅行包里翻出笔记本,匆忙撕下一页。夹在笔记本末页的一张拍立得相片掉了出来,那是一张我熟睡时的相片,是梅依依拍的。

我翻转相片,背面写着:世上最可爱的男人!看他睡觉是件幸福的事。

我认为上帝在捉弄我。我不知所措地站在那里,内心在颤抖。我下意识地将手里刚撕下的纸揉成了纸团。

离开这里变得难上加难。我鄙视自己的犹豫不决。我丧失了一切动力。我真希望能有桩突发事件把我从这种窘境中解脱出来。可惜没有这样的巧合,我只有面对。

我放下旅行包，放下笔记本，手里攥着那张相片瘫坐在地上。

"梅依依，梅依依，梅依依。"

我平躺下，望着通往二楼的楼梯。

"为什么？为什么？为什么？"

我的视线愈发模糊，直到变成一片黑暗。

我不知道是睡过去了还是昏过去了，也不知道这种感觉持续了多久。

我睁开眼，看见梅依依的面孔。她跪在我身旁守候我。我以为我还在梦里。

我扶着她的手："你不是上班去了吗？"

"我半路就回来了。"她语调温存，"我怕你离我而去，所以我就回来了。"

我摸了摸自己的头："我这是怎么了？怎么昏倒了？"

"你没吃东西，估计是因为低血糖晕了过去。"

她扶我坐起来，将一个抹了巧克力酱的甜甜圈递到我嘴边。我皱着眉头咬了一口。

"现在几点钟？我晕过去多久？你回来多久了？"

我一连问了三个意思几乎相同的问题。

她笑了："我的大男孩，别着急嘛，先把你嘴角上的巧克力酱舔舔干净。"

我连忙擦了擦嘴。

"纸钱，亲爱的，你还是要走吗？"

她先前的笑容转瞬即逝。我继续吃着甜甜圈。

没等我开口回答，她说："不是说好不再离开我吗？千万不要离开我，纸钱！"

她顺势扑在我的怀里，眼神中流露出鬣狗般的凶残。

我慢慢地将她从我怀中推开，双手搭在她的肩头："依依，我不想离开。但那种感觉无时无刻不在折磨我，我受不了啦。"

"哪种感觉？是哈维的事情吗？"

我点头。

"我和他已经结束了。我在今天上班的路上跟他通了电话，把你和我的事情一五一十都说了。我从此不再是他的情人。"

我感到意外，但也没想象中那么开心。

我说："他的反应呢？"

"我没给他反应的机会，说完就挂断了。"她表情冷漠，"他又打过来，说他明白了，并且尊重我的意愿。"

"然后呢？"

"然后……"梅依依有些犹豫，"他希望我继续在那里工作。"

"然后呢？"

"我答应了。但我强调，只是工作而已，没有别的。他也说，只是工作关系，纯粹的工作关系！"

梅依依反复地强调着"工作关系"。我叹了口气，一声不吭地坐着。

"纸钱,相信我。请你理解,我的确喜欢这份工作,它让我觉得充实。哈维不是那种缠人的人,他有家室,比起我他更看重他的家庭。我们已经彻底讲清楚了。"

她的语调中流露出急切和不从容。认识她这么久,从未见她如此狼狈。

我说:"我需要……"

她打断我:"需要什么,亲爱的?"

"我需要先站起来。"

我的腿已经完全麻木,毫无知觉。她扶我起身,缓慢地向沙发移步。

"先别急着坐下。你要用力地抖一抖腿,让血回流。对,慢点,再抖一抖,会不会好一点?"

她小心地晃动着我不听使唤的那条腿,看上去比世界上任何人都关心我。等我的腿恢复了知觉,她马上就想知道我对工作这件事的看法。她一定希望我能让她继续做那份工作。

我和她平静地坐在沙发上。她扭转身子朝向我,两手放在我的大腿上。

"纸钱,不管怎样,我认为我做了正确的决定。我起初还不明了,但现在,就在你这样安详地坐在我面前时,所有疑惑全都没了。一定是上帝在帮我,告诉我该怎么做。我不再痛苦。我爱你,纸钱。"

她的眼睛放出探照灯般的光芒。

我说:"我也爱你。"

我的舌头像被控制了一样,不由自主地说出了这句话。

她一头扎进了我的怀里。

我内心默许了,不再计较她继续留在哈维的杂志社工作。说来蹊跷,她在接下来的一段日子里也没再提及哈维。

她每天按部就班地上班,下班,然后又去上班。我虽然心里默许,但嘴上从未表示过理解和支持。

7

我继续写我的小说。我们的生活也进入了一个相对稳定的节奏。她对我的照顾和关心胜过任何时候,可谓是无微不至。

她每天早早起来,而我却懒洋洋地赖在床上。她出门前会准备好早餐,把咖啡端到床边,悄悄地给我一个吻,带着微笑在我耳边低语一句:"亲爱的宝贝,我去上班了,别忘了想我啊!"

每天早餐的样式不同。她睡前都会查阅一些新的做法。我负责做晚餐,不管做什么,她都会带着感动和喜悦吃我做的东西。

周末我们会去公园散步,野餐。有时也会去城里购物。

我们闲逛商店的时候,她只关注我关注的东西。有一次我们在诺丁山的一家古玩店里看到一根拐杖，杖头是雕工精细的镀银狐狸。我把玩了半天，但最后还是因为太贵没有买。几天后的一个早上，我独自吃早餐，一眼瞥见餐桌上那个长长的盒子，上面扎着丝绸蝴蝶结，里面正是那根狐狸头拐杖。

类似这类的惊喜还有很多，像日本的手工刀具、限量版的古书、定做的钢笔等等……几乎隔上几天就有一件礼物送给我，好像节日接踵而至的感觉。

她说，只要我喜欢就不需要更多的理由。她只在乎我拆开礼物那一瞬的表情，说像男孩得到一把梦寐以求的宝剑一样满足。对此我并不否认，那本古书的确让我足足高兴了一个礼拜。

自从我回到黑司街，她的工作时间十分固定，从未因任何缘故推迟回家的时间，也不把任何工作上的事情带回家里。

我的状态和她正好相反。有时熬夜写作，有时一天都窝在床上，翻读着某本小说或者杂志，没有固定的规律。不管我正在做什么，她回来的第一件事情总是凑到我面前，亲吻我的脸，然后幸福地抱上我一会儿。

她说每天回家的理由就是这个。

如果回来正值我写作，她就会去收拾早上的餐盘。我逐渐习惯了这样的日子，并且欣然地接受着梅依依的辛勤付出，而她却没有显出半点不乐意，信心满满地迎接着每一个新的一天的到来。

在这样无微不至的呵护下,我每天几乎没有任何运动,很快就胖得像个营养过剩的婴儿。三个月里我足足重了十几公斤。

发胖是我这段时间最直观的变化。现在,我的肚腩足足变厚了两寸,胸脯也像长了毛的少女的乳房。我的下巴在一层一层地重叠,脸颊的棱角几乎彻底不见了。照照镜子,我觉得自己活像一个中国唐朝的女人,只是头顶少了发盘,脸上多了些胡须。

我的心理因为变胖饱受打击,因为我一点也不喜欢自己现在这副肥肉横长的模样。

梅依依虽说从没嫌弃过我走形的身材,也从没说过我胖,但她认为我必须做些运动了,否则身体会出问题。

她专门为我订阅了男士健康杂志,根据我的情况和杂志上的推荐,制定了一系列的减肥食谱,并且严格按照食谱的要求为我准备一日三餐。

她还为我找了健身房,请了专门的教练。

刚开始时,我每次热情高涨地走进健身房,她也会陪我一起,这给我增添了不少信心。我积极地配合教练所有的要求,努力进行训练。但仅仅过了两个礼拜,我的热情连一半都没有了,就算教练多番催促,我总是能找到理由蒙混过关,不去参加训练。

梅依依很快意识到了这一点,于是就没再强求我继续去健身房。她通过观察，发现我对单一的有氧训练和器械训练缺乏耐性和兴趣，就问我是否愿意尝试一些技巧性运动，比如说球类运动。

我终止了健身房的训练，她便马上为我联系了黑司街上的壁球馆和网球俱乐部。对我个人而言，网球比壁球更有意思，但是打了两次之后我就扭伤了手肘，休养了一个礼拜后又重新断断续续打了几次壁球，但就是无法提起很高的兴趣，最终选择彻底放弃。

我每次放弃一项运动时，心里都有些惭愧，觉得自己对坚持做一件事情缺乏毅力。梅依依像母亲安慰儿子一样，为我找寻理由和说辞。她对我的纵容已经无以复加。

在我原来的观念里，这个世界根本就没有这样的女友或者妻子，一边允许你看《阁楼》杂志，一边给你送上冰冻的啤酒，生怕你在欣赏性感女郎的裸体照片时口渴。梅依依做到了。

我仍苦苦找寻减肥的捷径。她自己也没闲着。她对家里的小院子产生了浓厚的兴趣。这个小花园从未被认真地打理过，估计上一次这里有植物还是她姑妈住在这的年代。

她接连买了十几本有关园丁的书，其中几本是十分专业的那类教科书。她认真地钻研各类花草树木，还有园丁工具的种类和用途，甚至做起了笔记。

她用一个礼拜的时间翻新了整个花园的土壤，又安装了自动喷洒系统。我休养肘伤的那段时间，这个原本荒废的小院子已经彻底变样，不仅整个栅栏边都种上了灌木，而且还多了不少花花草草。整个房子变得生意盎然，井井有条。

这些变化招来了邻居的赞美。他们不时地和梅依依交流经验，相互借鉴。我有时站在窗前，朝向花园，手里端着下午茶，可以盯着自动喷洒系统有规律地旋转喷水，呆呆地看上个把小时。

她真的太能干了，三个月的时间，才三个月啊！而且她还要兼顾工作，还要照顾我。她简直是个不可思议的女人。

无论怎样的理由都无法阻止我甩掉我这一身肥膘的决心了。我对自己下了死令，不可以再纵容自己，一定要去锻炼并且坚持下去。她义无反顾地支持我，鼓励我。她还建议我，应该去做一项自己没有做过的运动，以此来挑战自己的恒心。

一次出门采购，我们路过一片绿地，上面有几个壮汉在玩英式橄榄球。他们身材各异，但大多为粗壮型，每次冲撞和撕扭都发出骇人的响声。

这是我到英国这么久，第一次亲眼看到有人打橄榄球，于是驻足瞧了好一阵。梅依依站在我身旁，突然扑哧笑了出来。我把目光转向她，她用默契的眼神看了看我，又指向那伙壮汉，我粲然一笑。

就这样，我找到了那项运动，我决定加入他们。他们休息,我走了过去,梅依依没有跟过来,她怕这样我会被那些人瞧不起。

的确,我看上去一点都不像一个橄榄球手。我从没对这个运动有过丝毫了解。

"嘿,你们好!我想加入你们,行吗?"我尽量用不很拘谨的方式作为开场白。他们瞬间把注意力全部投向了我,充满好奇地打量我。其中一个浑身是泥和草屑的矮个子向我走来,他壮得像一辆装甲车。

他眯着眼,歪着脸对我说:"你在开玩笑吗,孩子?"

他看上去也许比我还要小上几岁。他完全可以不这样说话。

我激动地解释:"没有,一点都没有那个意思。我想打橄榄球,像你们那样!"

他们所有人都向我走了过来,把我围住,我顿时觉得很被动。

"玩这个,就你?"其中一个人拿着个橄榄球在我面前转来转去,他的口气里充满了蔑视。我张望四周,没敢出声。又一个高个子冒出来,上来捏了捏我的胳膊,对他的队友们摇了摇头。

眼看他们一个个就将弃我而去,我匆忙低头,从地上抓了两坨泥巴狠狠地甩在自己的脸上,大吼了一声。他们立即转头看我,被我的叫声和举动吓到了。

我微笑着,恢复原本说话的音量:"为什么不呢?"

梅依依没和我打招呼就回去了。

我和这帮刚认识的家伙很快打成了一片，后来一起去了他们作为据点的酒吧。他们开始喜欢我，并且对我这个来自中国的作家充满了新鲜感和疑问。

我不厌其烦地解答着他们的每一个问题。我们一杯一杯地喝着啤酒，非常愉快地聊着天，还在酒吧里一起玩了飞镖。

我赢了其中一个叫乔的家伙，他起初还嘲笑过我，认为我能做的运动也就剩下国际象棋。作为玩飞镖的手下败将，他请我喝了杯啤酒。所有人都喝多了，一起挎着肩膀唱歌。

我不知道他们唱的是什么，也跟着号起来。后来才知道，那是一首歌颂他们自己俱乐部的歌。他们其实不是在歌颂，他们是在咒骂，他们用这种方式表达对俱乐部的热爱和憎恨。

凌晨，酒吧的老板开始驱赶我们。

乔用他粗壮的手臂一把钩住我的脖子，把自己身体的大部分重量压在我肩上。他已经完全喝醉了，虽然是个魁梧的家伙，但其实根本喝不下几杯，一边嘴里还叽里咕噜唱着我们的歌。我放开他的胳膊，他腿一软瘫在地上，我又急忙将他拽起。

乔扭头盯着我，舌头僵硬，"兄弟，听着！看着我，"他用他那比麻布还粗糙的大手拍打着我的脸，"听着，我不会骗你的,我喜欢你这个家伙,你很酷!很棒的一个伙计!尽管你是中国人,但我还是认可你的!我们不喜欢外国人,你知道的,我们英国人从来都不喜欢你们!"

他情绪有些激动,但没有任何攻击性。我没有太理会他的话。作为一个在欧洲生活多年的中国人,我听过太多这样的话了。

另外一个家伙听到了乔刚才对我说的,一下子把乔拉了过去,捂住了他的嘴。这个家伙叫梅森,我尚未搞清楚是他的姓氏还是名字,总之大家都叫他梅森。

他比乔还要健壮,胳膊比得上我的大腿。

他没有喝醉,低声而有力地警告乔:"喝醉了不要乱说话,乖乖回家找你老婆去!"乔根本没有试图挣脱,因为梅森实在太强壮了,乔想动也动不了,只能无奈地点头。

梅森对我说:"兄弟,很高兴你加入我们!乔这家伙喝多了,醉了酒就喜欢胡说八道。我们欢迎你!"

我摇摇头,表示自己并不介意。

两天后,我第一次参加了他们的训练,地点在上一次的草坪。由于我是新手,他们对待我的方式相对温柔。但一个小时下来,我还是浑身上下到处都是乌青和擦伤,最终体力透支不得不下场休息。

梅森注意到我,走了过来,他坐在我身旁,与我攀谈。

他说这些人凑到一起完全是个巧合,因为他们之前根本互不相识。这支球队里资格最老的除了他以外就是乔和安德鲁，他们也是最早的发起人。

队员从事各种各样的职业，有油漆工，有地铁司机，有保安。据说那个叫加西亚的瘦子还在当地的黑帮做过打手。而梅森是一名邮局职员，负责窗口的接待。一起打球让他们的关系变得紧密，成为好兄弟。

平时他们一起打球，去酒吧喝酒。他们中间大部分都是健身痴迷者，几乎每个人都是健身房的会员，打球之余还会交流健身经验。我告诉梅森，我原本想通过打橄榄球达到健身目的，梅森微笑着摇摇头，像大人对孩子一样。

"想通过橄榄球得到这样的宝贝肌肉块是绝对不可能的。"他举起右手，向我自豪地炫耀着他那牛腿一样的上臂。我敬佩地竖起大拇指。我说自己无法坚持乏味的健身房训练。

他又摇头："练肌肉这件事不同于别的，只要你肯努力便一定有回报。这些宝贝儿（指发达的肌肉块）你是看得见，摸得着的！"

梅森说得很有道理。这好比打扫房间，只要你做，就会马上看到成效。我连连点头表示赞许。

梅森不太顾得上我："你是个作家，你一定知道这种感觉。"

"哪种感觉？"

他说："你写的东西不一定会有人喜欢，更不一定能给你带来钱。"

我说:"没错,是这样的。"

他说:"你的小说,出版过吗?"

我说:"出版过一本,在德国。"

梅森表情略显失望:"那你算是幸运的。"

"怎么讲?"

"我大学是在杜伦读的,专业是英语文学。毕业后一直尝试写作,并且希望有朝一日能够发表出版,可惜始终没有一家出版社对我写的东西感兴趣。我只能放弃了,不得不放弃,因为我要吃饭。现在我在邮局工作,不就是这么回事吗?"

梅森无奈地笑了笑。我没有继续追问,但心里却对他写的东西充满好奇。

他又说:"为什么来这里?我是说,伦敦这么大,为什么来黑司街?"

"没有为什么,我喜欢这里。"

"那天晚上陪你来的那个漂亮女孩是你的妞?"

我点头。

"她身材真是一流,脸蛋也漂亮!"

梅森将脸朝向我。我迟疑片刻,稍许有点紧张。

"别紧张,我跟你开玩笑的。你的再好也不如我的,差得远呢!"

他从短裤口袋里掏出钱夹,里面有一张他老婆的照片。他老婆是个黑人,由于照片上只穿了比基尼,身材一览无余。

"瞧着这肥屁股,我真爱死它了!"

梅森边说边亲吻着照片。

梅森说,他只喜欢肥屁股的女人,越肥越好,所以他只能找黑人做老婆,别的人种的女人在这一点上都比不上黑人。

梅森恢复了正常口吻:"你们结婚了?"

"还没。"

"噢,这么火辣的妞,你可要看好,我刚才是说笑,但别的男人就不一定怎么想咯……"

我略带羞涩:"是吗?"

"你是在开玩笑吗,兄弟?她那对奶子足够上第三版(指《太阳报》,第三版是裸体女郎专版)了。"

梅森起身拍拍屁股,伸手一把将我拉起。

"走吧,最后一轮!"

转眼我和梅森他们已经打了一个多月的橄榄球,每周基本保持两次左右。我已经逐渐适应了那种激烈的对抗和身体冲撞,并且喜欢上了那种感觉。

我的身体有了变化,虽说没有明显地瘦下来,但身上的肉比以前结实了不少。

梅依依为我能坚持打橄榄球这件事感到高兴,而且为我能结识新朋友感到意外。她跟我一起参加了几次和他们的聚会。梅森和其他人也有带他们的老婆出席,梅依依很快融入她们中间。我们聊着男人的话题,她们就在一旁交流种花、烹饪的经验。

她们中也有人到我们家来找她,一起出去喝下午茶,或者去公园晒太阳,她们喜欢梅侬侬开朗大方的性格。

每当我们打球时,总会有某个人提起她,大家都认为我是个幸运儿,能找到这么棒的女友。遇到这种情景,我内心都会暗暗自喜。

我的小说创作也随之进入尾声,这和梅侬侬与我稳定的状态有着密不可分的关系。

我们日常生活中几乎没有争吵,凡事都可以商量着解决。她偶尔会给我讲一些工作上的事情,但我差不多已经忘记了她仍在哈维·李那里工作。哈维这个名字再也没有出现在我们的生活中。

直到有一天,当我在草坪上和乔正在为抢球扭作一团时,我眼角的余光瞥见一个红发男人,他正在与场下休息的加西亚交谈。他好像在询问着什么,然后加西亚抬起手,指向倒在地上的我。

我凭直觉认定,那个红发男人一定是哈维·李。毋庸置疑,他一定是冲我来的。

8

哈维·李是个高个子,皮肤雪白,头发红得像火鸟的羽毛。他说话细声细语,但吐字清晰,带着浓烈的伦敦上流社会的口音。

我万万没有想到的是,正当我快要忘记这个人的存在时,他却以这样的方式回到了我生活当中。

他有礼貌地和我打了招呼,我也同样礼貌地问候了他,尽管我的语调中带有一丝尴尬和不安的情绪。我猜不出他为什么来找我,这让我心里有些慌张。他提议我们两个人坐下来谈谈,找一个安静和私密些的地方。梅森和乔凑了过来,站在我的身后,打量着哈维·李。

我们这伙人此刻的样子和哈维形成了极大的反差:一面是浑身污泥,衣冠不整;一面是干净利落,着装讲究。

他们两个没给哈维好脸色,既蔑视又富有攻击性的眼神,让哈维不由自主地向后退了两小步。他的动作相当隐蔽,好像生怕被人察觉。

梅森说:"有什么问题吗,兄弟?"

紧接着乔更直接地向哈维发难:"你是谁?来这里做什么?"

哈维脸色顿时变了,从他原本的雪白变成了惨白。我不想让这种局面持续,同时心里又非常享受哈维紧张无措的表情。

"没事了,乔。"我推开了他们两个,"是我一个熟人,我去和他聊聊,你们继续玩。"

梅森和乔走开,乔嘴巴里还不干不净。

他们走远了，哈维这才松了口气。我上了他崭新的深蓝色奔驰轿车。

哈维开车带我驶向市中心，路上我们几乎没有说话。他只是问了一句喝咖啡还是吃晚餐，我说无所谓。他见我态度冷淡就没再问别的。

我们坐进了佩灵顿车站附近的一家高级餐馆。服务员和其他正在用餐的客人将诧异的目光投向我，一定是因为我沾满污泥的球衫。我一点不在乎他们的眼色。

哈维点了菜和葡萄酒，他似乎是这里的常客，服务员对他很亲切。我坐在他的对面，瞭望四周，餐厅里安静极了，只能听到刀叉和盘子碰撞的清脆声。我双腿摊开，一副不拘小节的作态，这引起了服务员的注意，他无奈地朝我微笑，我装作没有看见。

哈维也没有主动开口，他不安地等待着合适的时机，心里组织着自己要说的话。我有点不耐烦了，便首先开了口。

"李先生，你有话可以说了。"

哈维更加紧张，语无伦次："不是的……实在是……我不想这么冒昧，但是，请不要叫我李先生，叫我哈维吧。"

"好，哈维。你有什么话要说？"

"咱们等开胃菜上来再说吧？"

他始终低着头，不看我。

我不想再绕圈子："还是现在说吧，你不觉得你很紧张吗?"

他战战兢兢："那好吧,明必。你心里很清楚,我找你,只可能与依依有关。"

"我不清楚。"我不想顺着他的话说。

我内心很清楚,要不是关乎梅依依,我和他永远都不会坐在一张桌上。

"关于依依,"他又开始结巴起来,我没有打断他,"我希望你能理解。"

我说："理解什么?"

"我对依依的感情。"

我的语调中带着鄙夷："什么感情?"

"我曾经爱过这个女人,真情实感地爱过。"他仍然低着头说话,"我不希望你误解,那时候你对于她来说已经消失了。"

"但是现在你对于她来说已经消失了,不是吗?"

"我们现在只是工作上的关系,自从她告诉我你们复合了,我就不再有那方面的想法了。她的心中只容得下你,她不想再一次失去你。"

此刻他终于抬起头来,他两颗淡灰色的眼珠子让我很不爽。

"我知道。"

"所以,我希望你能珍惜她,对她更好。"

哈维貌似放松了,话语的节奏平缓了许多。服务员端来了开胃菜和白葡萄酒。菜肴很精致,酒放在冰桶里。服务员在哈维的引导下先为我倒了半杯。

"这个不需要你来告诉我。"我拿着酒杯晃了晃,一饮而尽。

哈维则举着酒杯期待着和我礼貌地碰杯。现在他只有尴尬地将酒杯悬在空中。

我不客气地说:"李先生还有别的事吗?"

"明必,我没有别的意思,只希望你能让她更快乐。她现在快乐吗?"

我没有理睬,一字一句地又问一遍:"还有别的事吗?没有的话,不好意思,我先告辞了。"

我擦了擦嘴角,然后一把将餐巾甩到座位上。我伸手掏出钱夹,准备付掉那杯葡萄酒钱。

哈维盯着桌上的菜肴,朝我摆了摆手:"不必了。"

哈维说"不必了"时的傲慢表情让我恨得牙根发痒。我后悔没有掀翻那一桌子的美味佳肴。

梅依依一个人宁静地坐在客厅的沙发上,她正在翻阅一本关于植物的书。我没有理她,径直走向了浴室。

她尾随我到浴室。

我连衣服也没脱,一脚踩进了浴缸,拧开了热水龙头。水拍打在我的身上,只见黑黄色的泥浆顺着大腿流下来。

梅依依站在门口,一动不动,一声不吭。我透过水雾向她望去,她一脸茫然。

我将脸朝向花洒，尽可能地靠近水流。

她如果不知道哈维来找我，那么她一定会问我为何会有如此反常的情绪，但是她什么都没有问。

我已经不再关心她的无动于衷是源于什么，或者她接下来会有怎样反常的反应。

我平躺在床上，只穿着睡裤。梅依依也躺了下来。我两眼直勾勾地盯着天花板上的吊灯，一眼也没有看她。她依旧什么也不说，只是悄悄地掀起被子，然后又蹑手蹑脚地将被子向自己的方向拉了拉。

我在等待她给我一个说法，而她却像有意捉弄我一样闭口不言。我实在忍无可忍，猛地坐起来，扭头看向她。

她此时的眼神像只将要被屠宰的羊羔，迫使我再一次压制了自己的怒气。我缓慢地将视线移开，背对着她。

"哈维·李怎么知道我在哪里打球？"

她没有应答。我起身下床，仍背对着她。

我说："是你告诉他的吧？"

她还是没有丝毫回应。

"他今天来找过我，你知道这件事吗？"

我的语气愈来愈急切，呼吸的频率也在加快。她走了过来，从背后搂住了我的腰。她还是没作声。

"我以为这个人已经不存在了，看来我想得太简单了，是吧？"

她双手在我肚子前交叉，紧扣在一起。

我的声量成倍提高:"梅依依,我在问你,回答问题。"

"不要问了,纸钱。"

她绕到我面前,趴在我胸前仰头对我说:"我辞职,我马上打电话通告我辞职。"

"为什么?"

我心里并不是想问为什么她要辞职,而是要知道这一切究竟是怎么回事。

"为了你,什么都可以不要,为了你。"

梅依依两眼不停地扑闪。

那个周末,我没有踏出家门半步。大多数时间把自己关在书房里,眼睛盯着自己将要完稿的小说,一个字也写不出来。

梅依依定时送饭到我的房间,还有咖啡、茶、点心、巧克力。她时而问我要不要出去走走,我摇摇头。

礼拜天的晚上,我们在书桌前做爱,这完全出乎我的意料。更出乎意料的是,那竟然是一次特别美妙的做爱,尽管我们连衣服都没有脱。

9

礼拜一早上,梅依依8点准时起床。和往常一样,她准备了两个人的早餐和咖啡。

临走前她来到床边亲了我的额头。与往常不同的是,其实我已经醒了,只不过没睁开眼。我用耳朵确认她出了门,更衣起床,动作异常迅速。

经过一个周末的踌躇,我最终决定跟踪梅依依。我要亲眼见证她面对面地跟哈维摊牌。她在上班的时间出门,如果我猜得不错,她一定是去当面摊牌,办理辞职手续。

我心里很清楚,这是我唯一能够接受的一大早出门的理由。如果不是这样,如果她出门是基于别的想法,我绝对不能够接受。

我事先已经查好了地址和行进路线。按照每天梅依依上班坐的城市铁路乘车,然后步行一段转公共汽车,再徒步两三百米。

哈维的杂志社在一幢民宅里,门口的名牌上标示出这里有多个事务所和诊所。

杂志社在三楼。我按了门铃,没人应答,门自动开启。上楼梯的一路,我考虑自己应该如何出场,是否要当着哈维下属的面羞辱他,或者根本无视他的存在,最后挽起梅依依的手,趾高气扬地走出去。

我也可以当着他的面和梅依依热吻,大声告诉她,你做了最正确的决定。用胜利者的眼神俯视哈维。

门没有锁,我轻轻地推门进去。先穿过一条不长的走廊,左侧是茶水间,门半掩着。

透过缝隙,我看到梅依依坐在一张黑色餐桌边,双腿荡在半空,两只手捧着一个红色的茶杯。她斜着头,眼里满是泪水。站在她对面的正是哈维·李。

他离梅依依的距离不足一个拳头。他的一只手正帮梅依依擦着脸上的眼泪，另一只手放在梅依依的腰间，嘴里嘀嘀咕咕地说着什么，两人完全没有察觉到门外有人。

我无论如何没料到，自己亲眼见证的竟然是这样的一幕。我的大脑完全僵住，像被切断了电源瞬间停止了运转。我并不是不敢相信眼前这一切，而是觉得自己被捉弄了，被自己的自我欺骗捉弄了。

我之所以跟踪她到杂志社，其实内心早已经有预感。如果仅仅是相信她来办辞职手续，我又何必夜不能寐，何必一大早起身偷偷跟踪她。我其实预感到，事情不会如她所说的办辞职手续那么简单。预感应验了。

一个戴眼镜的女人从对面的房间走了出来，向我打招呼："我能帮你什么吗，先生？先生？"

她见我毫无反应，就又叫了我一声。

哈维一定是听到了她的问话，从茶水间走了出来。他看到我时的那张脸，活像一只受惊了的鸡。

那个女人不依不饶地问："你有什么事吗，先生？"

我和哈维面面相觑。

茶水间门开着，梅依依相当吃惊，从桌子上下来，呆站在原地。

哈维对戴眼镜的女人做了个手势，让她回避。那个女人转身回到了刚才的房间里。

我的眼睛始终盯着梅依依,她也盯着我。哈维站在一旁,一副欲言又止的表情。

我盯着梅依依问:"为什么流眼泪?"

"嘿,明必!"

哈维凑上来想解释,我伸手拦住他,目光并不在他身上。我依旧盯住梅依依。

"告诉我,为什么流眼泪?"我继续问,"你为什么让他帮你擦眼泪?"

梅依依没有回答,眼泪不住地流。

哈维站在一旁,唉声叹气:"看在上帝的分上,不要再问了!"

我拉起她的手,朝门外冲去。她试图挣脱。哈维一个箭步跳到我面前挡住了我的去路。我视他为不存在,继续走向门口。哈维毫不退让,横着身子挡在我面前。

我怒吼:"滚开!"

他口气非常坚决:"明必,你听着,她不想跟你走,你必须尊重她的意愿!"

我声嘶力竭:"滚,开!"

哈维大声呵斥:"你不可以这样做!你没有权利折磨这个女人!"

我撒开梅依依的手。她仍在流着眼泪。我盯住哈维支在我胸口的手。我的眼神他看得很清楚,他明白那是什么意思,慢慢将手移开。

坐牢的前戏 / 149

我说:"她是我的女人,你给我滚——开!"

他的口气比先前更坚决:"你可以离开,但绝不能带依依走!"

我低头看了一眼自己的手,又回头看了一眼梅依依。我的五指下意识地向掌心收缩,拳头已经攥紧,不消说,它的对头正是哈维的那张不知进退的臭脸。他躲闪不及,他的右眼眼眶跟那只打了几个月英式橄榄球的铁拳来了个亲密接触。

他瘫倒在地上。

我没有就此停下,跨在他身上,对那张臭脸连续饱以老拳。他连声哀号。

正当我准备用最重的一拳结束对他的惩罚之际,梅依依从我身后猛扑过来,她使尽全身力气硬生生把我从哈维的身上撞开。

她声嘶力竭地号叫:"纸钱!该死的纸钱!该死的!"

我坐起身。她也瘫跪在我对面,嘴里的话也变了:"该死的,求求你,求求你,不要再打了,不要再打了。"

我拉起她的手:"我们离开这里。"

梅依依哭着摇头,松开了我的手。

哈维扶着墙艰难地站起来。他的脸已经血肉模糊,右眼肿胀,无法睁开。他用一只眼睛盯着我,眼神很奇怪。

我再次对她说:"走,我们离开这里!"

她还是摇着头。哈维步履蹒跚走向大门,拉开,手指向外面。

他倚在门边,头耷拉着:"明必,请你离开我的办公室,马上!"

我望了望跪在地上的梅依依,她捂着脸。

哈维抹了抹脸上的血:"马上离开,否则我要报警了。"

刚才那个戴眼镜的女人从房间里走了出来,手里拿着电话,她对哈维说她已经报警了,并且问他是否需要救护车,他摆摆手。

我看了一眼那个戴眼镜的女人,最后看了一眼梅依依。我朝门口走去。

我心里很清楚,她不会跟我走。那也意味着她不再属于我,从此不再。仿佛为了印证这一点,梅依依还是开口了:"我不属于你。明必,你听好,我不属于任何人。"

牢狱之灾

1

事发当天下午,明必在黑司街的家中收拾自己的东西,准备搬回在哈罗的住所。正准备出门,警察便找上了门。

他们对他进行了简短的盘问,将他逮捕,指控他涉嫌人身伤害。他无意辩解,被警察戴上了手铐,跟随警车来到了附近的阿克斯布里奇警察局。进行登记、拍照、取指纹和验DNA等一系列例行的程序后,他被独自关进临时的牢房。

那间牢房又小又昏暗,里面的荧光灯出了故障,不停地跳闪,让他好生难过。房间没有一扇窗户,灰黄色的墙壁高耸,让你觉得像蹲在一口井的井底。牢房里有一张硬邦邦的塑料床,被牢牢固定在墙体和地面之间。床对面是肮脏且泛着臊味的不锈钢马桶。

警察不时会经过一下,打开铁门上的隔板,查看房内的情况是否正常。明必躺在床上，以手作枕。每当隔板打开，他便以为轮到他的提审，心里忐忑不安。他很清楚，担心于事无补。

他从没因为任何犯罪行为进过警察局，所以他根本无法想象接下来将要发生的一切。不管是好是坏，是凶是吉，他都只能一个人承担后果。凌晨2点终于轮到他了。他被执勤的警察带出了牢房。他以为是去审讯室，其实不然，那是一间隔离的专供囚犯使用的电话间。

里面有两台壁挂式的投币电话。警察帮明必解下手铐，伸手指向其中一个电话，冷漠地让他去接电话。他停顿了片刻，瞧了眼那个警察。警察见他没有动弹，再一次指了指那边的电话。他缓慢地走到电话前，拿起听筒。电话的另一边是男人的声音。

"您好，是明必明吗？"

"是的，我是明必。"

"您好，明！我的名字叫保罗·麦肯锡，是一名律师，我将为您提供义务法律咨询。"

"我不太明白，我没有请过律师……"

明必糊涂了，他没有想到这会牵扯到律师。

"是的。我们的义务是向您免费提供法律咨询，这是每个公民的权益。您可以选择接受，也可以选择不接受。这取决于您自己的态度。"

麦肯锡律师十分熟练地背诵着这段他可能已经说过不

知道多少遍的套话。明必没有反应过来,他没有做任何应答。

麦肯锡又说:"明,您还在听吗?"

"在听。"

"鉴于您不是英国公民,也许不清楚我们这里的法律程序,又考虑到您是第一次涉嫌犯罪,我诚恳地建议您接受这项义务服务。如果您选择接受,我将在最短的时间内赶到您所在的警察局。我可以帮助您解答法律上以及和案件相关的所有问题。"

"我应该,或者说,我必须要有一个律师吗?还是说……"

明必语无伦次。他显然对英国的法律一无所知。

根据麦肯锡律师掌握的现有资料来看,明必现在面临的是一项起诉,他因涉嫌人身伤害罪被捕。犯罪总署会委派警探与他核实案情。警探确定犯罪性质后,会将案件移交当地法院。法院会安排开庭时间,再将时间通告被告。

明必思路彻底乱了,他猛然意识到这件事情并不是像他想的那样——在看守所里过一个晚上,第二天就可以放他回家那么简单。

麦肯锡语气中肯:"明先生,我建议您接受我们的帮助。我认为,我们需要面对面谈谈。"

"好的,我接受。"

过了二十分钟,麦肯锡律师抵达了警察局。明必又一次从牢房中被带出。这次他被带到一间审讯室。律师已经候在那里。

麦肯锡是一个大块头的白人,略微有些肥胖。他身着黑色西装,扎一条酒红色的领带。他打开已经磨得起毛的黑色公文包。

他和他友好地握了握手。明必此时已经疲惫不堪,看上去很是憔悴。

麦肯锡递上自己的名片。他向守在门口的警察打了声招呼,警察转身离开。他绕过明必,关上了审讯室的门。他似乎认识这里的每一个警察。

"请坐,明。"

麦肯锡回到自己的位置。明必坐下,将手里的名片暂且搁在桌子上。

"您好,明先生。请允许我自我介绍一下。我是保罗·麦肯锡,来自列维斯基和麦肯锡律师事务所。接下来我将问您一些问题,请您配合。"

明必点点头表示愿意配合。

麦肯锡从公文包里掏出一摞文件和表格。

"好的。您的姓名是明必?"

"是的,明必。"

麦肯锡说:"您自愿接受我们向您提供的法律顾问服务,是吗?"

明必说:"是的。"

"在此案中,我们将全权代表您,包括您和此案相关的一切法律事务,您同意吗?"

"同意。"

"非常好,明先生。问题就到这里,只是些形式上的东西而已。"

他将一份类似合同样式的文件放在他面前,拿出自己的签字笔让他在上面签字。明必粗略地扫了一眼后,在文件上签上了自己的名字和日期。

"非常好,明先生,谢谢您的配合。"

麦肯锡将文件又放回到自己的公文包里,又从中拿出一个厚重的文件夹。文件夹"哐"的一声落在了桌面上。他翻到明必案子的那一页,接着抬头看向明必,面带他那标志性的友好微笑。

"明先生,请您务必放心,接下来我们之间的谈话内容是绝对私密的,除了你我之外不会有第三个人知道。所以,当我要核对一些信息时,请您如实作答,好吗?这将直接涉及您案子的走势和最终结果。"

"好的。"明必点头说,"请叫我明必吧。"

"好的,明必。"

麦肯锡将警方提供给他的情况跟明必进行了详细核对。明必几次情绪失控。

麦肯锡说到了一些细节,让明必十分震惊。这些细节统统来自哈维、梅依依,还有那个戴眼镜的女人。麦肯锡让明必尽可能地控制自己的情绪,不要过于激动,他需要确认他的行为与证词里对他的指控是否相符,这是整个案件的要点。

明必认同了证词中的部分事实。他没做的则坚决否认。

麦肯锡给他客观地分析了眼下的形势,他认为要点在于明必打了哈维,这是问题的核心。对这一点他坦诚建议他认罪,因为事实是明确无误的,他不认罪只会让警方把事实的性质看得更严重。

考虑到犯罪情节不是特别严重,外加他没有任何前科,以麦肯锡多年的律师经验判断,他不会受到太重的责罚,很可能是以金钱赔偿的方式结案。当然了,结果同时也取决于受害者本人哈维的追究与否。

对麦肯锡而言,接手这桩案子只是例行公事。每一家律师事务所都有接受检方委托的义务。这类受委托履行义务的案子通常律师都不会太用心,更不可能尽心尽力,更多应付差事的意味。

所以他简单地让明必认罪,从法理上似乎说得通,其实很不负责任,因为他忽略了警方的立场和态度。警方会千方百计让被告方自己露出犯罪的蛛丝马迹,会对各种犯罪的动因猜想和追索。警方的目的是维护法律的尊严,但也会因此让没经验的被告方陷入提问圈套,而破绽百出。这也是明必所面临的窘境。

他对法律，对涉罪的认定一无所知，完全是幼稚园水准。麦肯锡被他视作唯一的救命稻草。不负责任的麦肯锡没告诉他，面对警方狂轰滥炸般的提审，他该如何应对。是麦肯锡的疏忽，导致了他日后的困境。

麦肯锡一动不动地盯着明必："明必，下面我跟你说的话你务必听清、记牢，你明白我的意思吗？"

"明白。"

明必像个小孩子一样乖乖地点头。

"一会儿警探将对你进行提审，会与你核查整个案件的始末。他们有比刚才更详尽的盘问，所以你一定要保持头脑极度清醒。"

明必说："天已经快亮了，这么晚还会提审？"

麦肯锡说："尽管现在已是深夜，但你别无选择。你要控制你的情绪，不能让情绪干扰思维。你有三种应对选择：要么认罪，承认对你的那些指控；要么无可奉告；要么否认那些指控。你听清楚了吗？"

"可是他们说的有些是事实，也有些不全是事实，我又该如何表述呢？"

"不行！你绝不可以像与我对话时那样，承认一部分，否认一部分，你听懂我的话了，明必？"

"那我该怎样应对呢？"

明必脸上写满了紧张和恐惧。

"如果你相信依依梅的为人，并且认为她会为你说情，并且认为哈维不会进一步追究,并且她会劝说哈维向法庭求情,你可以选择无可奉告。"

明必说:"面对这么多假设,我没有信心。我现在根本不知道依依梅的想法。"

"的确。我也认为你无法面对这么多个假设。公堂之上,人心叵测。"

"你的意思是,我应该选择认罪?"

"没错,明必。依我看来,他们不会为你做什么,开庭在所难免。"

麦肯锡显得信心不足。

"他们?"

"哈维,还有你的女朋友依依梅。"麦肯锡耸了耸肩,"不用过于担心,明必,这毕竟不是什么重罪。"

"你会为我开庭辩护吗?"

他这一刻似乎有问不完的问题。

"如果你希望这样的话,我愿效劳。"

麦肯锡指了指桌上的名片:"这个你收好,上面有我事务所的电话。"

麦肯锡和明必握手,转身离开了审讯室。开门时,明必顺着门缝见到麦肯锡短暂地和邓恩警探交涉了几句,接着邓恩警探走进审讯室,坐在了刚才麦肯锡的位置。

她身着灰色套装,里面是一件黑色的高领毛线衫。一头棕黄色的长发,披散在肩上。她的脸狭长,五官的线条像是被雕刻上去一样突兀。她总是眉头紧皱，面容虽说有些冷酷，但说起话来却很平和。

2

已经是凌晨 5 点多的光景，明必终于结束了自己的陈述。邓恩警探皱着眉头，一丝不苟地记录着他讲到的细节。整个过程中，她几乎没有打断过他，也没有对他的陈述做出任何评论。

明必的脸上显露出难看的疲态，他瘫软地坐在审讯室破旧的铁椅子上，体虚力乏，目光无神。他已经一天一夜没有合过眼了，确切地说是一天两夜。他和梅依依睡在一张床上的最后一晚他几乎也没怎么睡。

邓恩警探在她的笔记本上记录完最后一行，摊开另外一个夹子，里面整整齐齐地放着厚厚的一摞文件。她拿出这件案子的案卷。案卷中有几张照片。

邓恩警探将五张照片分别放在桌面上，照片的方向朝着明必。

第一张照片是哈维的右眼眼眶，又黑又青，白眼球里泛着血丝；

第二张是哈维的腮部，有明显的红肿；

第三张是他的鼻子和嘴角，有明显的伤口和血迹；

第四张是哈维的办公室，凌乱不堪，一副遭到了洗劫的样子，桌子被掀翻在地，椅子被摔断；

第五张是梅依依，她手臂上面除了瘀青和红肿以外，还有抓痕。

明必指着最后两张照片，声音颤抖："这不是我干的，我没有，不是我！"

邓恩警探不动声色地说："哪些不是你干的，明先生？请你说明白。"

"最后的两张，我没有砸烂他的办公室，我更没有伤害梅依依！"

明必说时不停地发抖，他有一种很不祥的预感。

"我并没有说这是你干的，明先生。给你看这些照片，我没问过你任何问题，"邓恩警探说，"你的意思是，其他三张照片上所展示的受害者的伤势是你造成的咯？"

"我不知道，我承认我打了哈维，我没有留意他的伤势，我不记得我用了那么大的力。"

他刚才陈述时的平静已经荡然无存。

"这是我们接到报警后一个小时左右在案发现场拍摄的照片。哈维·李的证词上说，他被你的几记职业拳击运动员似的重拳分别击中右眼眼眶、鼻子和嘴部，导致鼻子和嘴角破裂流血，眼眶有严重的瘀血现象，眼球充血。你说你并未用力，我不敢想象，如果你用力的话会是怎样的结果。"

邓恩警探语速飞快地说，根本不在乎明必怎样回应。

"据哈维·李的接待员霍莉·库珀小姐的描述，案发时，她在另外一个房间。她透过门缝看见你将哈维·李的桌子掀翻，并且用椅子狠狠地砸了桌子，以至于椅子断裂。第四张照片记录的就是这个。"

明必抓过第四张照片再看。

邓恩警探继续说："据哈维·李的描述，依依梅手臂上面的瘀青和抓痕，是因为她拒绝与你一起离开，你强行拖拽她以至于倒地所造成的。你刚才的陈述中有所提及，你们各自的描述在这里有所交叉，是吗？"

明必激动地辩解："我没有强行，我没有，我不是有意伤到她的，请相信我！"

"但你的确抓住她的手臂拉她，不是吗？"

"是的。是她自己挣脱时摔倒了。"

邓恩警探说："好的，明先生。接下来我开始提问题，请你如实回答。问题的回答方式，'Yes'或者'No'，或者'无可奉告'。除了这三种回答，我不接受其他任何解释或者陈述。你听懂我的意思了吗？"

"我听懂了。"

邓恩警探正是那种恪尽职守的警务人员。对她而言，法律是至高无上的。她对她的工作对象不带任何成见，无论是被告还是原告。她一丝不苟地履行自己的职责，她像别的谨守原则的警察一样，以法律的名义力争让一切罪犯无所遁形。

"明先生,你与依依梅小姐一年半前在巴黎相识,是吗?"

"Yes."

"你们相识一个月后成为恋人,是吗?"

"Yes."

"依依梅曾几次拒绝与你成为情人关系,而你无视她的意愿,继续纠缠她,是吗?"

"她没有说过拒绝与我交往,我从没强求过……"明必开始辩解,没等明必说完,邓恩警探直截了当地打断了他。

"回答'Yes'或者'No'!"

"No,No。"

明必无奈,把话憋了回去。

"No,好的。在你们交往的开始阶段,你便用言语侮辱过依依梅,是吗?"

"No。"

"你说过'你只会与男人上床,像一条发情的母狗'吗?"

"我怎么可能说这样的话!"

邓恩一改平缓和气的语气,目光中流露出令人生畏的严肃:"我最后一次强调,我只接受'Yes''No'或'无可奉告'作为回答,请你配合!另外,你再继续这样对我咆哮,我将视为你的不予配合,并且强行终止这次审问。你、听、懂、了?"

牢狱之灾 / 165

他的声音低下来:"我听懂了,抱歉。"

"你对依依梅说过'你只会与男人上床,像一条发情的母狗'这句话吗?"

"No."

"你因嫉妒依依梅与其他异性来往,其中包括她的前夫,与她发生多次争吵,是这样吗?"

"No."

"你要离开巴黎,她不同意。你威胁她,说要教训那些勾搭她的男人,是这样吗?"

"No."

"依依梅是迫于无奈做出妥协,你们才共同决定来到伦敦,是吗?"

"No."

"她不要和你同居,你用吵架和哀求的方式威胁她,强迫她与你同居,是吗?"

"No."

"你说你是为了她才来到伦敦的,她不和你同居会遭报应,是这样吗?"

"No."

"你们同居后,你以写作为名,要求依依梅必须照顾你的生活和打理家务,是这样吗?"

"No."

"你不同意她出去工作,说她出去工作是为了勾搭别的男人,是她母狗的本性复发,是这样吗?"

"No,No,No!"

他猛烈地摇头,眼睛里已然满是泪珠。

"你当着舒伯特的面用羞辱的口吻骂依依梅,'你会遭报应的,你这个天杀的婊子',是这样吗?"

"No,No."

"你威胁依依梅,你也会找别的女人上床的,你说你宁肯去嫖妓,妓女比依依梅还要干净,是这样吗?"

明必不住地摇头,他满脸泪水地望着桌上的照片。他再也说不出 No 了。

"明先生,我不确定你摇头的意思,请你用言语回答我的问题。"

"No."

"你因为她买错了咖啡的牌子或者忘记为你准备早餐而砸碎了咖啡机和餐具,是这样吗?"

"No."

"你不允许她为自己购物,你说她在糟蹋你辛辛苦苦赚来的稿费,而事实是你当时并没有任何收入,是这样吗?"

"No."

"你以她提出分居为由,要她承担后果,搬出属于她姑妈的住处,是这样吗?"

"No."

"她劝你回柏林你拒绝了,理由是你为她抛弃了柏林的一切,凭什么让你来承担再回柏林的结果,是这样吗?"

"No."

"你住到哈罗区又曾多次尝试联系她,但她拒绝与你通话或见面,是这样吗?"

"Yes."

"依依梅向你索要欠下的电费,你拒绝付钱,与她再次发生激烈争吵,对她进行辱骂,是这样吗?"

"No. 她说起拖欠电费的事情,我说我会付清,我没有辱骂过她。"

邓恩强调:"Yes,还是No?"

"No."

"你又几次纠缠依依梅,并且要求与她复合,她不答应你就每天守在她家门口,是这样吗?"

明必停顿了一下,他恢复了一些理智,开始仔细地思考邓恩提出的问题。

"是这样吗?"

"No. 正如我刚才说过的,复合的事情是她主动找上我的。"

邓恩说:"明必,你用不着自说自话。依依梅不同意与你复合,她直说可以见你,也表示不排除与你复合的可能,是这样吗?"

"No."

"你和霍莉·库珀保持着情人关系,是这样吗?"

"No."

听到霍莉·库珀这个名字,明必的脑子又乱了,他的手开始发抖,眼神开始游移。他搞不明白梅依依是如何知道他和霍莉·库珀的事情的。

他说:"警探,我想申请审问中止一下。"

邓恩说:"那就休息一下。"

他说:"是这样,我想在审问之外向你申明一点。那时我和霍莉·库珀已经没有关系了,而那时候她和哈维·李还保持着情人关系!"

邓恩说:"我们现在没有审问,你有话可以说。我们分别已经询问过哈维·李和依依梅,他俩否认了是情人关系。杂志社的其他人也对此进行了否认。"

"他们都是哈维的雇员,他们当然串通好了,帮他说话。"

"你这样说不负责任,没有任何证据。明必,我们的审问继续吗?"

"好。"

"你和依依梅复合前是否对她进行了跟踪?"

"No!"

"你在你们复合前便提到过哈维·李这个人,并且怀疑他和依依梅是情人关系,是这样的吗?"

"No!"

明必的声音愈来愈大。邓恩用眼神警告了明必。

"为了迎合你的需求,她开始努力做家务,对你细心照料,你认为这是她应该做的,是这样吗?"

"No."

"你开始打橄榄球,说话具有攻击性,时常骂脏话,是这样吗?"

"No."

"因你没有固定收入,经济拮据,依依梅希望你能多花些心思在工作上,你不以为然,是这样吗?"

"No."

"依依梅安排哈维·李与你见面,为了澄清他们不是情人的事实,是这样吗?"

"No."

"哈维·李希望你能理解并支持依依梅的工作,你却说,让他最好离你的女朋友远点,还以威胁的口吻说,下次你就不会这么客气了,是这样吗?"

"No."

"依依梅患了严重的失眠症,并开始服用药物,对此你知情吗?"

"No."

"下面请你听一段录音。"

邓恩从公文包里拿出一个微型录音机,按下播放键。

"你没资格不满足,你个臭婊子,贱货,我会宰了你,如果我想的话,随时可以……"

邓恩按下停止键："这段话是你说的吗？"

"No."

"这是依依梅提供的录音……"

明必听不下去了，哭喊起来："我不知道，老天啊，这一切到底是怎么回事啊，我什么也没有做！"

"明必，冷静！"邓恩劝告明必，"提审就要结束了，请你配合！"

明必几近疯狂地摇着头，用手拍打着自己的脸。他完全丧失了理智。他猛然站起身，走到邓恩面前。

邓恩立即向他发出最后通牒："明必，立即回到你的座位！否则马上把你带回牢房。坐回去！马上！"

明必径直跪倒在地，膝盖和地板接触时放出低沉的闷响。

"明必，马上坐回你的位置！"

邓恩退到门口，与明必保持安全距离。明必垂着头，手捂着自己的左胸。他用一只腿将整个身体撑起，缓慢地起身。

他嘴角挂着泪水和鼻涕："对不起，对不起！全是我的错，我的错！"

他一步一步退回到自己的座位。待他坐定，邓恩才坐下。

他停止抽泣。邓恩变得谨慎，她观察着他的表情。

邓恩试探着问明必："明必，你刚刚的表现是受到药物影响的缘故吗？"

他轻声说："No."

"我将继续提审，你可以保证配合吗？"

"Yes."

明必没有抬头，眼珠一动不动。

"你强行要求依依梅辞去杂志社的工作，是这样吗？"

"No."

明必闭上双眼，面容异常沉静。

"今天早上，你强行闯入哈维·李的杂志社，是这样吗？"

"No."

"你直冲到哈维·李面前，对他进行羞辱，是这样吗？"

"No."

"依依梅上前劝阻，也同样遭到你的辱骂，你称他们俩是无耻的通奸者，是这样吗？"

"No."

"你袭击了哈维·李，他随即倒地，你跨在他身上又打了数拳，是这样吗？"

"Yes."

"你说，想亲手送哈维·李和依依梅下地狱，是这样吗？"

他睁开双眼，将目光投向正在静待他回答的邓恩。他嘴角微微上扬，一字一句，语气坚定：

"无可奉告。"

对明必而言,这样一场提审完全不可忍受。但最终,他只能忍受下来。

从场面上看,他已经违背了他对麦肯锡律师的承诺。他在绝大多数问题上对警方以 No 相对,换一种说法,他并没有认罪。

邓恩问他的那些问题,他的直觉是邓恩在与他为难。当然他知道,那些问题都来自于原告的证词。邓恩提审只是做对原告证词的认定而已。

按照麦肯锡的指示,他对那些问题都说 Yes 的话,警方一定会认定他是个十足的恶棍,是蓄意犯罪的坏人。那是明必无论如何不能够接受的。他不想给警方那样的印象。他想不出提审之后的结果。

任何结果他也只能被动地承受。

3

次日中午,正在牢房里昏昏欲睡的明必收到了法院的传票。这意味着他被正式起诉,指控的罪名为普通企图伤害罪。

他又一次被警察带到电话室。警察提示他,在正式开庭前,他有权利和律师进行一次电话沟通。他毫不犹豫拿起电话,又慌忙从裤子口袋里翻出麦肯锡律师的名片,拨打了上面的号码。电话那边传来了麦肯锡的声音,那是他最想听到的声音。

"麦肯锡先生,我收到了法院的传票,他们正式起诉我了,我的罪名是普通企图伤害罪,我不懂这是什么意思,听上去不是很严重,'普通'和'企图'都是很温和的词。这不是很严重的罪名吧?"

明必的嘴唇动得飞快,恨不得一口气将他的疑问全部倒出来。

"冷静,明必,冷静。"麦肯锡说,"我已经得知这一消息。你要保持冷静,你在邓恩面前的表现对你非常不利。"

"抱歉,抱歉!听到那些证词,我实在无法控制自己,对不起。"

"不用向我道歉,明必。"麦肯锡说,"听着,我刚得知一个对你有利的消息。哈维·李没去医院验伤,也就是说,他也许无意进一步追究你的责任,这也是为什么你被指控的罪名为最低等级的人身伤害罪。"

明必想插嘴,麦肯锡没给他机会。

"你不要过于在意依依梅的证词,我知道那些话你很难接受,但你被指控的是对哈维·李的人身伤害,所以哈维·李的证词更关键。最后,我会争取让开庭时间尽量提早。我知道牢里的空气会让人绝望,对于你这种初来乍到的新人,更是难熬。关于结果,我不能保证任何事情,明必,经验总归是经验,事实难免有不尽如人意的时候,所以我希望你做好一切心理准备,好吗?"

他的话让他内心宁静了不少,但他还是想知道,这个罪名到底会给他带来什么样的处罚。

"最低等级的罪名?如果定罪,会是什么样的处罚?我会坐牢吗?"

"我不敢保证,明必,最低等级的人身伤害罪从罚款到坐牢半年都是可能的。你的案子,我会争取不让你坐牢,毕竟情节不是特别严重,外加你没有任何犯罪记录。我会尽我所能。"

麦肯锡最后一句说得尤为中肯,但语气里还是流露出一丝不确定。

明必说:"谢谢你这么说。"

麦肯锡说:"明必,安静地等待开庭。现在你能做的是试着闭上眼睛,让自己休息一下,能睡上一会儿也是好的。"

他挂断了电话。

作为律师,麦肯锡知道是明必自己对原告证词的否定,使警方将对被告的罪名指控降到了最低级别。但他不想将真实情况告诉明必,因为那样会让律师很没面子。他作为他的律师应该为他提供正确的指示,那是他的职责所在。是被告的情绪失控,反而令案件有了向好的转机。麦肯锡仍然要责备明必,以此来掩饰他作为律师的失责。

守在一旁的警察向明必耸了耸肩，一副怜悯的表情。他虽然内心明白无法从他口中得出答案，但他还是问了那个警察一句："我不会去坐牢的，对吗？"

"不知道，我只是个警察。你的问题属于法官。"那个警察又耸了耸肩，"虽然我只是个警察，但我可以让你去门口透透气，如果你愿意的话。"

警察局后院，有一个露天的长廊型铁笼，内外有两道铁门。外面便是警察局的内部停车场。明必记得这个入口，他昨天下午正是从这里被带进去的，穿过那两道铁门。

他坐在铁笼下的长椅上。椅面还有未干的雨水，他的裤子很快被浸透了，但对此他没有丝毫反应。他望着天空，深深地吸了口气，闭上双眼，想象着自己离开的那一刻。

那个警察站在他身旁，点燃了一支香烟。烟味飘到了他鼻子里。他仰视着那个正在享受吸烟乐趣的警察，第一次仔细打量他。在此之前，他甚至没有正眼看过这个警察一眼。

他是个矮胖子，大概一米七不到。肚子肥大，几乎看不见自己的脚尖。他三十几岁，也许更年轻。他的眼神飘忽不定，动作迟缓，说起话来不紧不慢，但声音洪亮。

他慢慢地摆动脖子，斜眼看向明必，又看看自己嘴里叼着的香烟。

"想抽烟吗？"

他从口袋里又掏出香烟盒，递向他。

"谢谢。"

他欣然领受，拿一支烟衔在嘴角。那个警察将打火机凑了过来，为他点燃。

他深吸了几口。可能因为吸得过猛，他感到一阵眩晕。

"小黑屋子不好受吧？"

那个警察问他时并没有看着他，而是看着进进出出的警车。

他没有说话，只是点了点头。

"第一次？"

"对。"

"看你那么紧张，应该是第一次。"警察说，"第一次谁都害怕那个小黑屋子，我们接受培训时也在那里面呆过，整整二十四个小时。之后就有两个伙计选择退出警局，还有一个尿裤子的。我在这里工作五年了，也怪了，你是我第一个带出来抽烟的。"

他听着警察自说自话，手指下意识地轻点燃烧着的烟灰。

"打人了，哈？"

"对，打人了。谢谢你带我出来透气，谢谢你的烟。"

"不用谢。你打了谁？你的女人吗？"

警察似乎对他产生了那么一点好奇。

"噢，不是，是哈维。说来话长，还是不说罢了。"

明必笑了笑，吸了最后一口烟，然后将烟头扔在了地上，用脚踩灭。

"你最好没有对女人动手。在这个国家，你动女人一根手指头，法院就可以让你吃上一年的牢饭。她们可以打你，作为男人你只能忍受，一旦还了手，你就遭殃了！我这五年，因为打女人来这的太多了，多数都是移民，印度佬和巴基斯坦佬居多。在他们那里，女人连牲口都不如，打了便打了。但是他们的女人到了英国，都学会了报警和起诉，这群男的就没辙了，只能等着蹲监狱咯。"

他说得正起劲，明必打断了他："我不是因为这个被捕的，我打的是个男人。"

警察颇不以为然："有什么区别，反正你打了人，打了人就得进来。时间到了，我们该进去了。"

他灭了自己的烟头。他是让烟一直烧到过滤嘴才扔掉的。

"祝你法庭上好运。在我们这里互相不说再见，不见是最好的结局。"

他朝他眨了一下眼，锁上了牢门。

下午2点半左右，明必戴着手铐，被两名警察押着上了警车。

警车的后部是一个货柜式的空间，里面被分成两个小隔间，没有窗，像一个移动的牢房。

车开出了警察局，经过一条横马路后抵达了法院后院的停车场，总共用了不到一分钟的时间。

他不懂,为什么不足百米的距离要动用警车,也许是为了显示司法的威严吧。

他被押送的警察移交给法警,又被带到法院候审的临时监房。这次和在警察局被拘禁的情形有所不同,这个监房相对较大也较为明亮,有灯光、长椅和一张台子,但没有马桶。

同时还有其他若干候审的犯人也被关在这个房间。他是唯一的黄种人。

明必坐到沿墙摆放的长椅上。他身旁是个阿拉伯人。对面是两个身材高大壮硕的黑人,身穿宽松的运动装。他们两个好像认识,一直在低声聊着什么,一点也不为自己将要被审判感到担心。对面墙角站着一个瘦弱的黑人,他面无表情地盯着地面,不时搓一搓自己的手指头。

他的到来,短暂地吸引了他们的注意力。这使得他不由自主地感到一丝紧张。明必沉默地坐了一会儿,他们便不像开始时那样关注他了。他忍不住与旁边那个阿拉伯人搭讪,这时的他特别需要与他人的交流。

"你好,下一个开庭的是谁?你吗?"

"我?不,不会英语,英语不讲的。"

那个阿拉伯人紧张地摇头解释,明必失望地看着他,强作笑颜表示没有关系。这时,对面的一个高个子黑人与他搭话。

"你是因为什么来这里的?"

他犹豫了一下:"是……普通企图伤害罪。"

"别告诉我。你一定是打女人了吧?"

黑人说了这样的话,和身旁的人一起大笑。

明必马上辩解:"我打的不是女人。"

另一个黑人凑到他跟前,面带嘲讽和瞧不起的表情:"看你的样子,不像能揍扁男人,或是捅上他几刀的嘛,兄弟?"

"都老老实实地坐在自己的位置上,你们这帮混蛋!"

监房门口传来一声炸雷。一个法警正趴在小窗口,对着里面的人怒吼。他打开了铁门,手里拿着张名单。

"德马库斯·敦比拉特,这他妈的是什么狗名字。哪一个,出来!"

"德马库斯,敦比亚特,不是敦比拉特,警官。"

搭话的黑人站了起来,缓慢地朝门口走去。法警半个身子故意挡住出口。

黑人轻声地对法警说:"请您让一下,警官大人。"

"'拉特'还是'亚特'关我屁事!你们这帮渣滓,"他侧过身来,闪身让那个黑人过去,"对于我来说都是狗屎,滚!"

明必急忙起身走向法警。法警已经锁上了铁门。透过铁门上的小窗,他问法警: "请问警官,什么时候轮到我?"

法警看着他,啪的一下合上了小窗。

他垂头丧气地回到了长椅上。旁边的阿拉伯人一动不动地盯着自己的手。

墙角站着的那个人开口了:"普通企图伤害罪,第一次吗?"

"第一次。"

"第一次吃官司吗?"

那个人将双手在胸前交叉。

"嗯。"

他轻蔑地笑:"别愁眉苦脸的,你这点事算什么。哼,晚上就可以回家睡觉了。"

"真的吗?我不用坐牢吗?"

明必听到"回家"两个字,兴奋不已。

他说:"难道你经历过吗?"

"我?经历的事比你多多了。你这个不算什么,赔点钱就可以了事了。这么轻的罪名初犯不会坐牢,坐牢国家是要花钱的,你不值得国家为你花钱。那都是纳税人的钱。"

他说话虽然口气嚣张,但明必却在其中听出了几许信心。这也是第一个直接给他答案的人。

"你不是第一次来这里吧?"

"怎么可能是第一次。哼,我都不知道我来过多少次了。"那人撇了撇嘴,"我第一次来比你的罪重多了,还不是被保释回家了?只不过要被戴上脚环,限制活动范围。你那么一点小事担心什么?"

明必觉得好奇："你说的第一次，你到底做了什么？"

他想得到更多的心理慰藉。

"我的第一次？你不想知道的，比起你的严重十倍。我捅了一个人十刀，信吗？"

墙上的挂钟显示3点50分。他知道，法院马上要结束庭审。如果今天无法开庭受审，那么他将被送回警察局，回那个他今生今世再不想见到的小黑屋里度过第二个晚上。

监房此时只剩下他和那个阿拉伯人。其他人已经接受了审判，各自去向不明。明必在房里来回踱步。他紧张不安的表现招来了那个阿拉伯人的不满。

阿拉伯人说："停，不要走，停下来！"

虽然他只说了几个单词，但明必明白了他的意思，回到长椅上。他双手紧握，颠着腿，死盯着挂钟。

又五分钟过去了，已经是3点55分。

他开始绝望，突然铁门被打开。

"明必和哈米尔·卡萨米，出来！"法警喊到他们两个的名字，"明必，9号庭；卡萨米，12号庭。"

他被法警引到候审间，法警要他等候他的辩护律师。

来人是一位身着绿色职业套装的女性黑人。她说她是卡布西耶律师，属于麦肯锡的律师事务所，是麦肯锡委托她临时过来，为明必辩护。

她说麦肯锡律师在另一场庭审中耽搁了，无法赶过来参加这里的庭审。这让明必觉得自己受到了不公正的待遇。

卡布西耶语气强硬："明先生，您不要激动。请您相信我，我已经对您的案子做了粗略的研究。我有几个关键问题需要问您，请您务必配合！"

"问吧。"

"除了在黑司街的住所，您可以给我提供另一个地址吗？朋友的或者亲戚的？"

"可以。我在哈罗有一个公寓，租来的。"

明必把地址报给了卡布西耶，她记录在自己的笔记本上。

他不懂："为什么问这个？"

"因为如果您的案子今天无法宣判，那么我会尽可能将您保释。那样你就不必留在拘留所里。因为您的女朋友是证人之一，在案子宣判前，您不可以与她有任何接触，所以你需要给我一个地址，是保释的需要。"

他点头表示明白。

卡布西耶又说："因为您的案子可能会涉及罚款，您有足够的现金吗，比如说五百英镑？"

"我身上没有那么多的现金，但是我可以想办法，这个数目应该不成问题。"

她说："是这样，明先生，依我的经验，若您可以当场交清罚金，您也许今晚就可以回家了。"

明必心里一颤，因为又一次听到了"回家"两个字。可是五百镑对他不是个小数目。

"最后一个问题,也是最关键的。麦肯锡说你准备认罪,对吗?"

"他建议我认罪。"

"我们只能提供建议,但不能为您做决定。请您在这里明确告诉我,在庭上您准备认罪吗?这将是法官提出的第一个问题。您记住,您的罪名是普通企图伤害罪。"

"这个罪名我可以认。别的不行。"

"好的,那么我们这里讨论的只是对您处罚的问题了。我认为,如果不出意外,您将被处以罚款。"

明必追问:"我会坐牢吗?会吗?"

"不排除这种可能性,这要看法官的立场。如果坐牢,时间也不会太长。"

明必愈发激动:"不会太长会是多久?最长会是多久?多久?"

"我不知道,也许几天,也许几个礼拜。"

卡布西耶显露出不肯定的态度,她无奈地看着玻璃对面的明必,他急得好像自己将要被判死刑一样。

法警这时候打开了门:"时间到了!"

卡布西耶最后对明必说了句"庭上见"。

先前那个阿拉伯人从挂着12号牌的法庭出来了,他嘴里叽里咕噜地说着阿拉伯语,面目狰狞。法警叫他闭嘴,他哭号起来。他带着他从明必身边出去了。

另外两个法警互相聊天:"今天12号庭这个女法官真

是痛快！她经手的三个案子，全部判了入狱。干得漂亮，这些人渣，都该关起来！"

"你说的是。女人比男人下手狠。10号庭的男法官就不一样，三个罚款，只有一个入狱。男的怎么比女的还心软？"

"这种强奸犯在牢里有他好受的，牢里的那帮家伙不会对他的屁眼留情。"

那个法警在自己身后的小黑板写上Prison（入狱）。

看到这一幕，明必之前建立起来的信心瞬间崩塌了。9号庭就在前面了。

押他上庭的法警说："遇上这样的法官，祈祷都没用，等着坐牢吧。"

他无从判断那个法警是说强奸犯还是说他，那话像石头一样压在他心上。他暗暗祈祷，但愿9号庭法官是男的。

法警似乎看穿了他的心思，完全没来由地说了一句："祈祷有个屁用？该你坐牢你怎么也躲不过。"

4

法庭上，法官和两个陪审员高高在上。

他的座位在一个单独隔开的玻璃房里，刚刚押送他的法警站在他身旁。卡布西耶坐在明必的左前方，见他进来她回首向他点头致意。原告位置上坐着一名头发灰白的中年男人,显然不是哈维本人。

法官是一个中年妇女,这首先给了他霉运当头的预兆。她戴着无框花镜,除了有些疲惫,脸上没有别的表情。她只短促看了他一眼,此后就再也没有正眼看过他。

公诉人对案件做简单陈述,申明起诉明必的罪名是普通企图伤害罪。

法官问明必:"被告,对控方律师的指证,你承认自己有罪吗?"

"我承认有罪。"

法官让控方律师发言。

律师将整个犯罪过程和证人证词一一罗列。女法官听到一半便露出厌烦的神情,梅依依的证词让她恼怒。明必从她的脸上甚至看出了嫌恶。他知道自己大事不妙了。律师又向法官出示了那些照片证据。

法官对被告充满了蔑视。她关心的不是被告袭击哈维的那些细节,而是对梅依依手臂上的伤痕反复追究。她对被告的解释不屑一顾,说她对暴徒的辩解没有采信的理由。

辩方律师强调被告打人是事实,被告的认罪只针对被控的罪名。原告方的许多指控都与事实有很大出入,请法官明断。

明必的情绪在法庭上又失控了,声泪俱下,哭声带着绝望。他像面对邓恩警探一样语无伦次,反复强调这里不对或者那里不对。他的表现让女法官愈加厌恶。

卡布西耶律师看出了形势对被告很不利，又一次开口说自己的委托人情绪有些激动，说事情的原委只是由于嫉妒心的缘故，才一时冲动打人。

女法官打断了卡布西耶的陈述。

"案件的脉络很清楚，被告有严重的暴力倾向，这才导致他一而再再而三地威胁恐吓依依梅。他对哈维·李的袭击，从根本上追究是针对依依梅的，哈维·李只是代依依梅受过。虽然被告自己否认他伤害依依梅，但是证据表明，他的确伤害了，而且伤得很重。依依梅才是这桩罪案的受害者。除了手臂上的伤痕，我认为心里的伤痕更重。"

卡布西耶说："即使通过原告律师的描述，我们也可以很清楚地知道，被告没有主观伤害依依梅的故意。他只是牵了她的手要带她走，由于情绪激动，下手重了些而已。"

法官说："在我看来，这个人就是一个暴徒。对女性威胁恐吓甚至动手的行为，是绝不可以宽恕的。他的行为绝不只是男人间的殴斗，不可以纵容，更不可以饶恕。"

卡布西耶的辩护没有得到法官一丝一毫的认同。她向法官提出保释，法官甚至当成玩笑话反过来嘲讽她。

"保释？你不是开玩笑吧？如果我放这个人回家，谁能够保证他会变回一个有理智的正常男人？他在法庭上的失控，连同他昨天早些时候的犯罪，已经证明了他是个会给人群和社会带来危险的人。我不会放他出去，当然不会批准你的保释申请。我的话你听清楚了吗？"

牢狱之灾 / **187**

卡布西耶说:"法官大人,可是……"

法官说:"没有什么可是。"

"法官大人,鉴于我的当事人没有任何前科,请您允许我的……"

没等卡布西耶说完,法官又一次打断她:"如果你是这种人的女朋友,还会为他争取保释的资格吗?不要再说了,今天就到这里,作为本案的法官,我将与我的同事进行商议,决定是否将此案移交到更高级别的法庭。十天后将再次开庭继续审理!"

明必止住了抽泣。他眼前一片漆黑,双腿不住地打战。他被法警带出了被告席。

他向庭上的卡布西耶投去无助的目光,卡布西耶一脸无奈,嘴里似乎在说"抱歉"。

法警将押明必回牢房。

"我怎么说的,祈祷屁用没有。该你坐牢你怎么也躲不过。"

一个法警说:"他最好能赶上最后一班去斯克拉比斯(Scrubs)的牢车,否则我们还要专门送他一个人。"

另一个法警说:"赶得上,他们还没走呢,今天宣判的都要坐牢,没判的也去坐牢,斯克拉比斯这下子热闹了。"

"那里不是一直都很热闹吗?"

法警所提到的斯克拉比斯是监狱。它的全称是沃姆伍德斯克拉比斯监狱,位于西伦敦的哈默史密斯,距离哈维的杂志社不远。

再次开庭前,明必将在这里度过十天的时间。当运送明必的牢车抵达监狱,天色已经彻底暗去。他四下望望。这座监狱都是些城堡式的建筑,如果不去留意窗外的铁栅栏和高墙上的电网,第一次置身其中的人很难想象这里就是欧洲最大的监狱。整个监狱在昏暗的路灯映照下,显得有几分阴森。

给明必好奇的时间十分有限。

负责押送犯人的警察与狱警交接了这批犯人的资料后,开着牢车驶出了监狱。

经历了这样大起大落的二十四小时,明必几乎完全被击垮,不论身体还是心理。他们几个的前面排了长长的一条队,长到根本无法看见前方的情形。

明必目送着牢车远去,心里逐渐清晰了。这里才是真正的监狱,先前的只是警察局的拘留牢房而已。坐牢成了铁打的现实,起码在未来的十天里。而十天后,他也许还会回到这里。他的命运掌握在那个女法官手里。刑期的长短他无从想象。

"嘿,新来的,你们等着被玩死吧!"

从牢房里传来了一阵喊声,随即一个拳头大小的橙子飞了过来,狠狠地砸在明必的脚边。正在沉思中的他受了惊吓,一屁股坐倒在地,随后传来一阵哄笑声。一时间,排队的犯人都将目光投向他,使得他紧张到呼吸急促,面无血色。

狱警拉他起来，问他是否有被砸到，他摇摇头。

排在他前面的人回头对他说："听说这里是 C 区，关了好多杀人不眨眼的疯子，要是被分到这里，你就等着被搞死吧。"

明必尚未从刚才的惊吓中恢复过来，反应有些迟钝。那个人向他伸出手：

"罗伯特。你呢？"

他战战兢兢地伸手过去，软绵绵地搭在罗伯特的手上："明必，我叫明必。"

"很高兴认识你，明必。"

"我也是。"

罗伯特说："别怕，我又不会吃了你。你是第一次吧？一定是的。被判了多久？"

他们已经排到了登记处的门口。

"十天。十天后再次开庭。"

明必半只脚站在了门内，感觉稍微安全了些，他还是忍不住朝外面看了一眼。

"才十天？嘿，这根本不算什么。看你这副紧张的样子，我以为你要待上十年呢。"罗伯特说完笑了，"什么罪名？"

"普通企图伤害罪。"

"打人咯？严重吗？被打的去医院了吗？骨折了吗？还

是怎样?"

罗伯特接连问了几个问题。

"没有,他的鼻子流血了。"

"只是鼻子流血了?我的上帝啊,这就把你送到这里来呢?你知道这里面都关了些什么人吗?简直可笑死了。"

罗伯特表情夸张,对明必说的话感到难以置信。

轮到罗伯特了,明必站在他的身后。借着灯光他仔细瞧了瞧他。他起码有四五十岁的样子,头发短短的,两鬓斑白,留着不长的山羊胡子。他那么从容,那么心平气和,一定不是头一回来这里了,也许早就是这里的常客。

他会是怎样一个人呢?交谈中,罗伯特并没有给明必不舒服的感觉。反之,他倒是觉得罗伯特不像是个粗鲁的人,更不像普通人眼里的罪犯。

罗伯特和警察有说有笑地结束了登记,完事后他转身向明必做了一个手势,意思是说他在里面等着他,他朝他点了点头。

登记处旁侧有一个小食堂。在这里,新签到的犯人将吃到他们的第一顿牢饭。此时里面全是刚刚办好登记手续的新犯人。明必手里拿着统一颁发的塑料餐具,用眼睛找寻罗伯特的身影。

他后面的人很不友好地推搡了他一下,催他快点打饭,不要四处张望。他连忙收回脖子,老老实实地继续排队打饭。

他端着一盘炸鱼和一小碗豌豆泥找座位。所有的空位都被人先占了,无奈之下,他便蹲在墙角,开始了他的第一顿牢饭。

炸鱼在保温箱里闷了一天,外壳像泡过水的纸一样碎软。白水煮的豌豆泥也是没滋没味,好像连盐和胡椒都没有放。尽管这样难吃,他还是大口大口地吞食,毕竟已经一天一夜没有吃过一顿正经饭了。他两颚快速地上下摆动,咀嚼着嘴里的食物,心中突然产生了一丝暖意,他为自己身体本能带来的饥饿感感到欣慰,这证明他并没有彻底垮掉。

罗伯特出现了,他俯下身来,把脸凑到明必面前:"多吃点吧,这个食堂平时是给监狱的工作人员提供午餐的,所以味道算好的。你没去弄一碗布丁加甜面包吗?那可是这里最让人回味的!"

因为嘴里还有食物,明必没有开口,他摇摇头表示自己不知道有饭后甜点这回事。罗伯特对明必做了一个稍等的手势,随后起身离开。他把最后一勺子豌豆泥倒进嘴里,心满意足地长吁了一口气。

罗伯特端着一碗冒着热气的布丁回到他面前,将布丁小心地递给他。明必先是闻了闻布丁的香气,用小手指头在碗里轻轻蘸了一下,再将手指放进嘴里舔了舔。明必脸上露出了久违的幸福感。

"真是太好吃了!谢谢你,罗伯特!"

"不会骗你的。这里的一切我都是那么的熟悉,二十年都不曾变过。"罗伯特感慨,"快吃吧,一会儿就要去体检、领衣服了。"

他开始信任罗伯特,从他们相识到现在,他所有的举动都让明必感到温情。加上罗伯特在他面前呈现出一副经验十足的架势,这使得他对罗伯特产生了强烈的心理依赖。

他期望能与罗伯特多些来往,最好可以分到一个牢房。他正想开口,罗伯特就被一个他认识的人叫走了。他临走前不忘与明必道别。罗伯特朝他眨了一下眼睛。

他说:"很高兴认识你。明必,祝你好运,兄弟!"

两个人的手紧紧握在一起,罗伯特消失在人群当中。至此作别后,两人再未谋面。

明必将自己穿了两天两夜没有换洗的衣服全部寄存。他接过监狱里统一分发的衣服,包括内裤和袜子。由于他排队靠后,他排到时大号的衣服已经分光,他无奈接受了比自己平常小两个码数的衣服。

他问前面的犯人是否可以调换囚服。那人只斜眼冷笑,根本没有理会他。

体检的时候他目睹了入狱后的第一次斗殴。排他后面的一个头上刺满了文身图案的光头男人因不服从狱警的检查(他拒绝被扒开屁股,检查肛门),朝狱警的脸上吐了一口浓痰。他与狱警扭打成一团,最终被三个狱警共同制服,按在地上。

明必躲在一旁，不敢靠得太近。其他的犯人有的跟着起哄，有的还给那个光头加油鼓气。体检房里顷刻间一片混乱。其中一个狱警用膝盖顶住光头的脑袋，另两个狱警用警棍分别抽打着他尚且露在外面的屁股和大腿。

那个光头丝毫没有屈服的意思，已经被打得吐血的嘴不住地咒骂着狱警。

"等我出去，我一定强奸你老婆，再强奸你女儿，你们这帮狗娘养的。"

他叫得越响，狱警的警棍就抽得越狠，直到他疼得几乎晕厥，才停止了骂声。

两名狱警将他强行搀起，他的双腿已经被打得失去了知觉，绵软无力。

第三名狱警贴在他耳边低声说："你可以强奸任何人的老婆或者女儿，但你首先得能活着从这里出去，你个人渣！"

体检房里的所有犯人都不敢再吭一声，那个光头被两名狱警拖了出去。

后来，明必听到别的犯人私下议论，得知那个光头拒绝配合检查是因为在屁股沟里私藏了大麻和刀片。他们还说，有人甚至可以把小包的可卡因塞进肛门里，混入狱中与其他犯人进行交易。

对于他而言，这些事情他只是在小说或者电影中有所耳闻，他无论如何也想不到，自己有朝一日会亲眼目睹这些传说中的事。

那个光头叫斯蒂夫，绰号杀人者（Steve the "Slayer"），是个惯犯，有些人知道他的大名是因为他差点勒死一名狱警。杀人者现在被关了禁闭，估计他要在里面待上一段时间了。与罗伯特一样，明必从此之后再未见过斯蒂夫。

明必和其他十来名犯人一同被押往五楼，他们穿过了多道上锁的铁门。

一名上了年纪的老狱警，将他们带进一个很像教室的房间，让他们各自入座。明必孤零零地坐在了第一排，其他人统统三两成群地坐在了后面。那位老狱警从外面接过一个麻布口袋，里面鼓鼓囊囊装着许多个小口袋。他把麻布口袋放在他面前摊开，命令他将其中的小口袋分发给在座的每个人。

他拆开了自己的小口袋，里面装了一些零食、一把梳子、一套牙具和一个塑料杯子、三小袋洗发水、一小瓶止汗剂，还有一条薄到几近透明的毛巾。

一名黑人犯人突然嚷嚷起来："警官，我的香烟呢？袋子里没有香烟啊！"

又有两个人发出同样的抱怨。

看上去还算和气的老狱警突然一声怒吼："别他妈在那里嚷嚷，香烟一会儿再发！"

明必谨慎地观察着，他始终没有作声。

一个穿着狱服的中年男人进了房间。他一头灰白短发，戴着一副金边眼镜,手里端着一杯咖啡。明必稍许有些紧张地看了他几眼,他向明必回以礼貌性的微笑。从举手投足间不难看出,他举止斯文,气质和风度与其他犯人完全不同。

"各位晚上好,欢迎来到过渡中心,"斯文男人声音柔弱得像个女人,"我的名字叫斯特里奥斯,你们可以管我叫斯图,这里人都这么称呼我。我知道你们当中有些人不是第一次来这里了,那么请这些人赐给我一点耐心,允许我向其他第一次来这里的朋友们介绍监狱的情况和规则。如果任何人有任何疑问,请举手示意,我将尽量作答。"

那个黑人又冒了出来:"嘿,老头儿,我有一个问题,那就是,我什么时候能拿到我的香烟?"

"抱歉,这个问题我无法回答,请你在我的介绍结束后向狱警询问吧。"他没有理会那个黑人的怨气,"为你们介绍监狱里的规则,这是我在监狱里的工作。是的,我同你们一样,也是这里的一名普通犯人。你们同样有获得工作机会的权利,具体的细节我会一一告诉你们。"

之后的半个小时里,斯图没有再被打断过。他详细地介绍了监狱里的日常和规则制度,这些信息对于毫无经验的明必来说是十分有用的,他恨不得将许多细节记在纸上,以免忘记。

之前的那位老狱警双手捧着若干包烟丝走了进来,他命令明必将烟丝发给抽烟的犯人。斯图察觉到明必的缩手缩脚，便上前帮他一同分发。

那个怨气冲天的黑人拿到烟丝后立即拆开，以超常的速度卷好了一支又粗又长的烟卷，将其点燃，迫不及待地吸了起来。旁边几个也凑上前，边卷烟边聊天。不论何时何地，抽烟的人总能马上找到共同话题。

明必趁着混乱，凑到斯图面前，他正在小口地喝着咖啡。

他说："打扰了，我还有一些疑问，不知道能否……"

"不用这般客气，孩子。这里是监狱，不是大学课堂。问吧。"

明必目光瞥向后面那几个抽烟的人，他似乎不喜欢有人在这个房间里抽烟。

他问了斯图诸多问题，从来没坐过牢的他不知该如何应对监狱这样的特殊环境。斯图严厉地提醒他，不要向别人透露自己的私事，个人私事在监狱里是十分不合适的话题，否则会让自己陷入不利的局面。他又说不要轻信别人的话，这样会吃苦头。

斯图似乎对明必内心的怨气有预知。

"这里面没有一个犯人是冤枉的，尽管许多人都不认为自己犯了罪。总是抱有一种莫名其妙的冤屈感是毫无用处的。你既然打了人，被打的人起诉了你，在这个国度，让你坐牢是理所应当。"斯图俨然以智者自居，"既然到了这里，就要面对这里的现实。你看上去不是个坏人，但你与这里的其他人没有不同,起码在法官和警察的眼里是没有任何区别的。我看上去难道像个杀人犯吗?瞧瞧我这细细的手臂,可能连块石头都扔不出二十码远。但讨论这些又有何意义呢?我要在这里待上两年,如果一切顺利。倘若我的律师出了差错,我可能要在这个鬼地方待上更长的时间。"

他问他:"能告诉我你为什么入狱吗?"

斯图警告明必:"千万不要再向任何人提这个问题,千万!"

老狱警再次出现,他与斯图交换眼色,然后喝令所有犯人回到各自的牢房,自由活动时间到此结束。

明必正准备随同其他几个犯人一同离开,斯图一把挽住他的胳膊。

"孩子,记住我今晚说的话,你的监狱生涯就此开始了。"

"谢谢你,斯图!"

斯图对列队离去的犯人们说:"鸟儿们,欢迎来到斯克拉比斯!"

5

明必入狱后的第一夜注定是无眠的。他躺在冰凉的铁架子床上辗转反侧,心神不宁。他用润湿了的毛巾蒙住了面孔，尝试调整自己的呼吸。此时此刻，他感受到一种前所未有的空洞和恐惧。对未来的绝望，令他仿佛掉入了一个无底深渊。

他眼前浮现出一张张熟悉的面孔。

第一个竟然是他前妻莉亚。莉亚生了一张小巧的圆脸蛋，笑起来有两个浅浅的酒窝。她几乎总是面带笑容，所以当她浮现在明必的脑海，也是一副可爱的笑模样。他绞尽脑汁去想象，去描绘，但呈现的只是一张莉亚的笑脸。他不禁流下了眼泪，突然觉得自己从未珍惜过莉亚。在这个世界上，没有第二人会像莉亚那样永远对着他笑。

他想到的第二个人是舒伯特。舒伯特油腻的金发和灰绿色的眼珠。他想到舒伯特在巴黎的公寓，还有他曾经借宿过的沙发，躺在上面柔软的感觉。他不清楚舒伯特是否得知了他入狱的消息。他得知的唯一渠道是梅依依，也许连梅依依也没想到他已经坐牢了。

第三个就是梅依依了。她的名字让他有一种说不上来的茫然，是各种情绪交杂而成的混乱感。关于她的证词，无论如何努力他也猜不透她的动机是什么。他很难相信那些话出自他如此深爱的人之口。他对她还抱有一线期望，他幻想十天后的再次开庭，她会出现在庭上，推翻她先前的证词，反过来为他申辩。他认为之前发生的所有不愉快都是误会和意外所致，她误会了他。她在冲动之下写了那份证词。其实连他自己也不相信这些幻想。

当然第四个一定是哈维了。至于哈维，明必想到他那一头红发就气得发抖。干吗要想他这个混蛋？不想他，不想他！

明必再次陷入无休止的纠缠。为什么她拒绝跟他一起走？为什么她会选择留在哈维身边？他又回忆起当时的那一幕。

梅侬侬惨痛的哭声和她在临别前那句"我不属于你，不属于任何人"又把明必从幻想中拉回到现实。他不确定，一点也不确定十天后究竟会发生什么。

早上，根本没睡实的明必被狱警叫起。由于牢房数量紧张，他被换到一个六张床的监舍。房间很大，足够容纳十个床位，但这里只安置了六个。里面已经有三名犯人入住了，他是第四个。与之前的单人监舍不同，这个六人间相当宽敞，并且拥有三扇窗和一个独立的卫生间。卫生间有淋浴龙头。

由于他被送来的时间还早，那三名狱友仍在熟睡。其中一个胖子鼾声如雷，丝毫没有察觉他的到来。

他选择了靠近卫生间的空铺，将自己的随身物品安放妥当。对面床铺的一个家伙坐起来。他友好地朝对方摆了摆手。他没说话，生怕打扰到另外两个。

那个人口气不太友好："你什么时候来的？"

"刚才。"明必压低嗓音说。

"你说什么？你他妈能大点声吗？"

明必抬高了一点音量,指了指另外两个人:"我说我刚到。不好意思,我怕打扰他们休息。"

他的声音越来越响:"你他妈有什么怕的,啊?这个,就是一头死猪,那个,是他妈的一个死人!你叫什么,孩子?"

"明必。"

"大点声!"

"明必。"

这句比上一句声音稍大。

"看在上帝的分上,竟然又来了一个白痴,"他摇头说,"我他妈叫你给我大点声,你难道听不懂人话吗?"

"我叫明必!"

他终于放开嗓子,用同样的音量喊着回应。那两个熟睡的家伙果然没有丁点反应。

"瞧,没事的,死猪还是死猪,死人还是死人,怕什么。我是鲍勃。你又是犯了什么罪进来的?别告诉我你是第一次坐牢。"

鲍勃起身下床,伸了一个长长的懒腰。

"是的,我,是第一次坐牢。"

他想到了斯图告诫他的话,没有像往常那样,主动告诉对方自己入狱的原因。

"又是个第一次坐牢的。"

鲍勃在自己床边俯身,开始做起了俯卧撑,一连做了

牢狱之灾 / 201

三十几个，并没有要停下来的势头。

他坐在床上静静地观察起鲍勃来。他身材矮小，但强壮有力，上肢尤其发达。他穿白色的背心和带花边的内裤，脚上穿白色的网球袜。他始终低头，他看不清他的脸，只看到他浅棕色的头发和若隐若现的山羊胡。

连续做了五十几个俯卧撑后起身，他才得以看到他的脸。鲍勃的脸上有几道深深的横纹，眼睛下凹，嘴巴又扁又长。留给明必印象最深的是他的颧骨，那是一组泪珠图案的文身。

他气喘吁吁，抖了抖胳膊和腿，然后褪去自己身上的背心和内裤，鲍勃肥大的下体正对着他。明必屏住了呼吸。

"机灵点，敏蒂，这里可不是他妈的幼儿园。"

鲍勃进淋浴房洗澡去了。他在淋浴房里大声地唱着歌，仿佛在自己家中一样得意自在。明必这才舒了一口气。

午饭在自由活动区。过渡中心里没有食堂，食物由移动餐车发放，领好饭的犯人可以在自由活动区内用餐。犯人有一个小时左右的自由活动时间，有时会多于一个小时，这取决于当值狱警的心情和犯人的表现。

多数人会在这个时间打电话，或联络家人朋友，或联络律师。还有些惯犯，他们会利用这机会往牢里汇钱，买零食香烟和各种日用品。新入狱的犯人会得到两次免费的通话，但只可以拨打自己申报过的号码。

狱警会在一旁监督通话，任何可疑的通话内容都会被狱警随时终止，并剥夺他第二次通话的权利。

他在餐车前遇到了斯图。斯图的另一份工作是监狱厨房的帮工，今天刚好轮到他发饭。他小声提醒明必，不要选番茄汤。

饭后，两人坐下聊天。

斯图说："这里的番茄汤是罐头装的，那些罐头的年龄比你还要大。"

明必对斯图有了更进一步的了解。斯图一改昨天的严肃和谨慎，他讲了一些自己的经历。斯图出生于阿伯丁，母亲是苏格兰本地人，父亲是美国人。他小时候随父亲在纽约长大，成人后回到英国，在伦敦国王大学读金融学和法学，并且取得了双博士学位。

斯图人生最辉煌的时刻，莫过于他30岁便成立了自己的财税事务所，办公室位于骑士桥附近。那是伦敦最昂贵的地界。

他骄傲地说："心情不佳时，看看窗外的泰晤士河就都好了。"

他因涉嫌逃税和诈骗被起诉，最终被判有期徒刑两年。他来到斯克拉比斯已有半年之久，刑期还剩一半（根据英国法律，监禁的一天算作两天）。

由于他有高等教育的背景，他的犯罪也属非暴力性质，他入狱后便被委派到过渡中心工作。这是监狱中最受犯人追捧的工作。在这里的犯人比在其他地方要自由得多。

除了夜里睡觉，他们整天都不用去自己的监舍。这里的住宿条件和餐食质量也要远远好于普通的监舍区，这使得申请这份工作的犯人多到难以想象。

晚饭后，当其他犯人必须回到自己监舍的时候，他们甚至可以同狱警一起打牌、聊天，直到深夜。他们和狱警成为朋友，经常与狱警一起用餐，享受狱警待遇。

他们时常要去后厨帮工，这也是他们的固定职责。所以对每顿餐食的好坏，他们都一清二楚。

明必强烈地希望能留在过渡中心，找一份类似斯图的工作。斯图认为没有这种可能性。首先他的罪名表明他有暴力倾向，有暴力倾向的人不能够自由活动。其次还要看运气和时间，通常只有入狱一年以上的犯人才有资格去碰这个运气。

"你不要因为这个垂头丧气。"

因为斯图不认为他会在这里待上很久。这样的说法让他感到短暂的兴奋，他那一刻的表情活像一个受到师傅表扬的学徒。

他对明必描述中的梅依依印象平平，他不认为有过如此不好的经历后，这样一个性格难以捉摸的女人会回过头来帮助他。

他认为明必不要抱有过多的期望。他当下最该做的是通知他的朋友舒伯特，请他务必尽快赶来伦敦，为明必找个负责任的辩护律师，这样在十天后再次开庭时，明必争取保释或者减刑的几率会大大增加。

"天下没有免费的午餐。在这个金钱至上的世界里,你相信免费的东西比付钱的东西更可靠吗?"

明必茅塞顿开,像被更换了机油的引擎,一时间充满了动力。

斯图善意地提醒明必:"那个鲍勃看上去不是个好惹的家伙,最好离他远点,千万不要招惹他。"

他向斯图道谢,健步如飞地冲向电话。

听到舒伯特声音的一刻,他哽噎了,勉强忍住了激动的泪水。舒伯特的情绪同样很激动,他并不知道明必在坐牢。通话时间有限,他简洁明了地告诉舒伯特自己的境况和斯图给他的建议。

舒伯特没丁点犹豫就答应了。他说,会不惜一切代价让明必尽快脱离监狱。舒伯特是真正的朋友。他对舒伯特的信任始终没有过丝毫动摇。

但是,他的好心情没能持续很久。

6

明必在过渡中心已经逗留了两天。

他所有的力量和精神支撑都来自于与斯图的谈话。这给了他在这里熬下去的希望。

他不像开始时那么焦灼,起码不是每时每刻地煎熬。

入狱后的第二个夜晚,他睡得还算踏实,醒来天色已经渐亮。

在天亮的时候,他一起身便去淋浴房洗澡。虽然水流很小,但几天没让身体接触到水的他还是十分享受。他刷了牙,擦了擦钢制镜子上的雾气。他瞧着自己满脸胡须的憔悴样子,摸了摸眼眶和下颚,感到自己明显消瘦了不少。

尽管有斯图指点,他的食欲仍然很差,只能勉强吃些午餐。早上,他有时只吃一个橙子,有时什么也不吃,只喝上几口茶或者热水。

这两天鲍勃没有找过他麻烦。他与其他两位有说有笑,有时会开个跟中国人有关系的玩笑,将明必卷进他的话题。

鲍勃和那个胖乎乎的家伙同是来自于兰开夏郡,他们说话带着浓重的中部口音。他大多时候需要反应一会儿,才能理解他们的玩笑。因为这个,他们还会再一次笑上一阵。

英国人不喜欢外国人,但他们对明必的印象还算不错。

他几次将自己的糖包送给鲍勃。鲍勃爱喝口味偏甜的茶,每次他都放别人两倍分量的糖粉。他是有意讨好鲍勃。

鲍勃爱看电视。那个电视机只有巴掌大小,但发出的音量却大得惊人。鲍勃由衷喜欢音乐频道,他调台总会选择四个音乐频道中信号最好的一个。

另两个人每天都早早睡下。胖子的鼾声如期而至,严重影响到鲍勃观看电视节目。他狠狠地踢了他的屁股,而胖子纹丝不动，鼾声依旧。鲍勃一把将胖子的枕头抽了出来，把枕头捂在他脸上，按了几下。

胖子这才稍许有些反应，像母猪一样哼哧哼哧地喘了几口粗气，鼾声终于停歇了。鲍勃一脸得意回到了床上，继续看电视。

明必笑了。

鲍勃转头："就是一头猪，我讲过的。"

明必顺着鲍勃说："这鼾声，的确有点太响。"

"有点？你他妈的在逗我玩吗，孩子！要不是他帮我搞来一包烟丝，以我原来的脾气，我早他妈的宰了这头肥猪了！"

鲍勃挥了挥拳头。

"他不是个坏人，鲍勃。"

"你他妈知道什么是坏人吗，小子？"

"我的意思是，他只是打鼾，没做什么故意妨碍别人的事情。"

明必有点紧张。

"没做什么？强奸自己的前妻，绑架自己的孩子，这叫没做什么？你他妈的天真了，敏蒂，你什么都不知道，什么都不懂！"

鲍勃话语中充满了讽刺的意味。

明必没再接话，他看了看胖子，又看了看鲍勃，一脸尴尬。

鲍勃没再讲话，随着电视的响声逐渐合上了眼。他想关掉电视，但又怕鲍勃突然醒来。他转过身，闭上眼。过了好一会儿又睁开，翻来覆去，始终无法入睡。

深夜里，半梦半醒的他被一阵开门的动静吵醒。一只手电筒的光柱在他的脸上晃来晃去，他迅速坐起身。手电筒又照向鲍勃的方向。

鲍勃破口大骂："哪个狗娘养的，快关掉那该死的光！"

是两个狱警。其中一个打开了荧光灯，监舍里一瞬间变得光亮刺眼。明必和鲍勃同时用手臂挡住了眼睛，剩下两个并没有受到什么影响，继续睡着。

鲍勃大喊："你们他妈要干什么！这他妈的是怎么一回事？现在是几点钟？你们这帮白痴！"

开灯的那位狱警平静地说："3点一刻，鲍勃，给我闭上你的臭嘴，否则关你一个礼拜的禁闭！"

明必坐在床上，一动不动地等待着将要发生的事。他不敢像鲍勃那么愤怒，他只是好奇凌晨3点钟狱警究竟因何而来。

手拿电筒的那名狱警说话："进来吧。"

一个头发凌乱的高个子大汉走了进来，手里捧着被子和枕头。

"你睡这里。"

狱警指了指明必边上的空床，高个子点点头。他放下行李，连忙向狱警致谢。

鲍勃背对着狱警捂住脸："发发慈悲，狱警大人，关掉那该死的灯，可以吗？"

他此刻的语气比刚刚要客气许多。

两名狱警异口同声："闭嘴！"

转身离开了监舍，锁死了铁门。他们没有关灯。

新来的高个子头发黝黑，泛着脏兮兮的油光，满脸的青胡茬，样子像东欧人。他坐在床沿一动不动。空洞的眼里透着恐惧，仿佛受了惊吓。

鲍勃抹了抹眼睛，将他从头到脚打量了一番。鲍勃看到他的腿上有血迹。

"这是，怎么回事？"

高个子叹了口气，声音有些颤抖。

"是睡在我上面的人。他……他……刚刚割腕了！我睡得好好的，突然有热乎乎的东西滴到我脸上，我伸手一抹，原来是血，还是热的。整个床都沾满了，血渗透了他的床垫，顺着床就淌了下来。太可怕了，到处都是血，墙壁上也是。我按了紧急呼叫铃，狱警赶来时，他已经断气了。"

高个子拽着自己的裤子接着说："他们说洗衣房里没有干净裤子了，说到了早上才能给我换干净的。"

鲍勃眉头紧皱，咬着牙说："真他妈恶心死了！"

明必吓得脸色惨白，腿不住地发抖。

鲍勃问高个子："那个自杀的，他犯了什么罪？来了多久了？"

"唉,才一个礼拜不到。是个年轻的小伙子,二十几岁吧。"高个子惋惜地摇头,"他说,他从珠宝店里偷了一串珍珠项链,反正不是什么重罪,才判了四个月,就忍受不了了。我都已经被关了半年了。他人不坏,好像还上过大学。"

"哼,又一个愿意说他人不坏的,这回你们两个天真的蠢蛋有的可聊了。"鲍勃用手戳了戳明必的头,"喏,这就是你所谓的不坏,为了他妈区区四个月就不活了。敏蒂,你要是被判个一年半载的,岂不是也得这样,啊?"

明必神情恍惚地眨着眼,没敢吭声。

"要他妈的自杀,换个干净点的死法,害得别人这么狼狈。勒死自己多好啊!"

鲍勃朝明必的后脑勺拍了一巴掌,然后回到自己床上。他跷起二郎腿,颠着脚。

他闭眼吆喝着:"新来的,去给我把那该死的灯关了。"

高个子慢腾腾地起身,乖乖地到门口把灯关上。明必坐在床上,裹着被子,头脑一片混乱。高个子回到床上后躺下,床发出滋滋的声响。他本想再问高个子几句,但那家伙已经睡着了。

就这样,他双手抱着膝盖发呆,一直坐到了天亮。

次日午时,警铃凄厉地响起。两个狱警从走廊的两端向中间汇聚,他们依次打开监舍的铁门。鲍勃已经等不及了,在门口摩拳擦掌。

明必焦急地奔向自由活动区。他眼下顾不上吃饭,他要利用最后的免费电话机会联系舒伯特。希望舒伯特已经有所行动,最好帮他请了辩护律师。

他来到电话间便被狱警强行拦住了,狱警告诉他今天没有自由活动,午饭过后,他们将被带离过渡中心。这一次的去处是下面的牢房,那才是真正的牢房。

他向狱警苦苦哀求,狱警对此无动于衷。

斯图看到了这一幕上来询问。他双手紧紧地攥着斯图的手,讲了夜里发生的事情。

眼下他只想打个电话,想确定舒伯特是否帮他请了律师,这样他才能稍许安心,否则他将无法忍受之后的几天。他听别人描述了下面牢房的情形,让他感到绝望。

他像个无助的孤儿,整个人都在打战,话也说得慌慌张张,语无伦次。

斯图说,下面的牢房与这里没什么区别,让他不要过分忧虑,因为忧虑一点用也没有,只是在折磨自己,最后会把自己逼疯。

他还说,监狱里自杀很常见。应该多想想出狱后的事情,想想自己未来的计划。这些惯常式的安慰性话语似乎对他起不到丝毫作用。他流着眼泪,再三请求斯图帮忙,斯图看着身旁的狱警,无奈地摇头。

斯图帮不上他,令他绝望。他崩溃了。实在想不出其他办法的情况下,很突然就跪在了狱警身前。他要做最后的挣扎。

狱警望着跪在地上的明必,露出了一丝怜悯和为难。他迅速四下张望。

"就这一次,只有两分钟。"

他拨打了舒伯特的号码。电话响了很久,舒伯特没有接起。他又拨了一遍,无人接听。

狱警说:"没人接,是你的命不好。我也没有办法。"

"求求您,让我给我的律师打个电话。"

狱警已经有些不耐烦,他似乎无法再通融他的任何额外要求。

明必眼巴巴地看着狱警:"就一次,最后一次!"

狱警发了句牢骚,再一次同意了。他急忙从裤子口袋里掏出那张已经被压得皱皱巴巴的名片,拨下了上面的号码。接电话的人是麦肯锡本人。

"我是明必,我在监狱里候审,已经没有时间了,请您务必告诉我,我的朋友舒伯特是否已经联系您了?他来伦敦了吗?他需要从您那里拿到关于我案子的卷宗,他见到您了吗?我现在没有钱,什么也没有,这是我最后的机会给您打电话,您务必要见到舒伯特,他的号码是×××。他会帮我请律师的,最好的律师!我实在呆不下去了,您不是说我不会坐牢吗?这里简直太可怕了,我马上就要去真正的牢房了!"

明必以最快的语速说着,他完全丧失了话语的逻辑,像疯了一样不停地提问。

"冷静,明必,冷静。你的案子我仍然在关注,几天后会再次开庭,届时我会出庭做你的辩护律师,请你放心。至于你说的你的朋友,他没有联系过我。"

"不可能的,他是我最要好的朋友,他说会不惜一切代价帮我的!他人现在肯定已经在伦敦了,他是从巴黎来的,他要为我……喂,喂,喂!"

电话自动断线,两分钟的通话时间结束了。狱警从明必的手里接过听筒。

他绝望地蹲在地上,放声痛哭。这引来了其他狱警的注意。三名狱警把他硬生生拖回了监舍。

过渡中心的所有犯人在狱警的押送下排队下到一楼。多数人都抱着自己的行李和杂物,脸上布满沮丧。

斯图专门赶来与明必道别。他在纸条上写下了他的囚号和全名。如果他过几天不用再回来,一定写信告诉他。无论在哪里,他都会为他感到高兴。

明必接过纸条,随着队伍下楼去了。他回头望了望斯图,斯图面带微笑,双手握拳朝空中挥了挥。

两人就此作别,再未谋面。

一部分犯人已经被安置完毕。明必与其他十来个人还滞留在登记处旁的一个小屋子里。先前与他同监舍的还剩下鲍勃和那个高个子,他仍穿着那条满是血迹的裤子。狱警并没顾得上给他找一条干净的裤子。

他倚着墙壁坐在地上发呆,两眼无神。

鲍勃和其他几个人聊得正欢。对于鲍勃来说,过渡中心里的日子并不如下面的舒服,因为在下面他认识的人更多。他跟那几个人说,他马上就可以搞到一些大麻,这令其他几个人顿时兴奋了起来。他们一个个笑嘻嘻地讨好鲍勃,希望自己也能借光抽上几口。

那个高个子沉默寡言,他安静地站在屋子的另一个角落里。

明必满脑子都是顾虑,他开始担心舒伯特,他是否已经到了伦敦?几天后他会不会和律师出现在开庭现场?主审会不会又是一名女法官?

他心里犯了嘀咕,如果又是一个女法官或者还是先前的那个女法官,再或者按照先前女法官的判断,他的案子会被移交给更高一级的法院审理,那么他的刑罚也会更重。他会被判继续坐牢。半年,八个月,甚至是一年?他来这里才只有三天啊。

他坐不住了,在小屋子里来回踱步。

案子也许还有别的走向。舒伯特完全可能请不出假,来不了伦敦。不然他怎么可能在这种时刻不接电话?就算他来了,也找到了好律师,案子也许仍然会输。斯图说过,已经认罪也就意味着只能等待法院量刑,坐牢也许在所难免。再棒的律师也不能把人从牢里捞出去。也许这种可能性更大。

这么想的时候，他忽然意识到，也许他命中注定有这一场牢狱之灾。他该关心的不是坐牢还是不坐牢，而是坐多久。半年，八个月，十个月，还是一年？

他做了所有最差结局的假设。律师给他的最长刑期预测是一年，一年又如何？昨晚自杀的那个小伙子只四个月的监禁，就绝望了，选择了死。四个月，只有四个月！

既然他的承受能力不足四个月，他为什么还要去偷一串项链？

如果那串项链没能诱惑他，他现在还活着，而且是自由自在地活着。他可以去博物馆，可以去印度小食店吃烤鸡，可以和朋友去西区看演出。这就是违法的代价。

看别人很容易，看自己就没那么容易了。

另外一种可能是，明必没跟踪梅依依到她的办公室，那么他也不会遇到哈维，不会看到哈维为梅依依擦眼泪，当然更不可能揍他。那样的话明必的个人历史将重写。

中国有一句老话，后悔药没处买。

虽然买不到后悔药，但是后悔药这东西当真有。这不，他已经看到后悔药了。

7

明必的心里充满了纠结。他悔不该追究哈维的事，不该逼问梅依依她老板的名字；不该那天去打橄榄球，那样他和哈维也就永远不会谋面。

他凑到高个子身边,带着哭腔跟他搭话:"他们都说我的情况根本够不上坐牢的,你怎么看?你犯了什么罪,判了多久的监禁?"

高个子耸了耸肩,对明必的问题没有丁点兴趣,什么也没说。

他继续无厘头:"我真后悔极了,但我的确没有做什么啊,我只打了他几拳。别人动了刀子也没有被关进监狱,何况我是第一次。我的样子哪里像是个罪犯,哪里像啊!我太倒霉了,遇上了个恶毒的法官;你可以想象吗,那天所有经她手的案子都被判刑了!你说是她心情不好还是怎么回事?你说,她会不会判我继续坐牢?那个女魔头肯定会。她会判我多久?半年还是一年?我怎么了?只要不坐牢,让我干什么都行!看在上帝的分上。"

明必已经泣不成声,他彻底崩溃了。

高个子一副无所谓的神情,他似乎根本没有在听他讲话。

他的哭声越来越大,不住地诉苦。

他变得歇斯底里:"我不是个罪犯,我是个老实人,这辈子都没去过警察局!我还是个作家,我的小说出版过。我跟你们不一样,我是有理想的。我新写的小说还没完成呢,我发誓,再也不会惹麻烦,再也不会!就不能给我一次警告吗?我可从来没有做过伤天害理的事啊。"

高个子实在忍无可忍，毅然打断了他："不要再跟我唠唠叨叨了，你他妈的像个娘们儿一样，真是烦透了！"

他像没听到他的话："对不起，对不起，我不是那个意思，我和你们一样，我只是，太难受了，我实在挨不住了！"

原本有说有笑的鲍勃也看不过去了，他气势汹汹地向明必冲过来，一把抓住他的衣领，狠狠地将他顶到墙角，对他怒吼：

"你这个该死的杂种，他妈的，给我闭上你的狗嘴！你这个狗娘养的混蛋！"

他被顶得喘不上气来，他对鲍勃的这一举动没有丝毫防备。

"你他妈的絮叨个不停，好像就你一个婊子要坐牢似的。你个混蛋，"鲍勃把能想到的脏话都骂了个遍，口气凶残，"去你妈的作家，去你妈的理想！你这副德行就是一个婊子，等着被强奸，等着被玩死！"

他吱吱呜呜地做出一副难以呼吸的样子，脸从红色憋成了紫色。

"你个狗杂种，给我听好了，这里没有一个是冤枉的，全都是他妈的人渣，还有人渣中的人渣！我在这个该死的屎洞里，进进出出快二十年了，什么他妈的人渣没见过！你这样的孬种，应该像昨晚那个孬种一样，自己了结算了。你根本不配活着，更不配作为一个男人活着！"

两名狱警冲了进来，他们马上制止了鲍勃。鲍勃没有不依不饶，松开了明必。

明必开始猛咳起来，大口大口吸着气。他瘫坐在地，停止了啜泣。

狱警问所有人："发生了什么？"

无人应答。

又问鲍勃："你对他做了什么？"

鲍勃双手上举，做无辜状。他突然笑嘻嘻，一脸油滑地回答："嘿嘿嘿，我可什么都没干。狱警大人，千万不要诬陷好人！"

狱警指了指鲍勃，转向明必："他对你做了什么？"

明必垂着头，他呼吸平缓了许多。他先是抬头看了看狱警身后的鲍勃，鲍勃做了一个无所谓的表情。

他说："他，什么也没做。"

狱警说："你用不着怕他，有政府为你做主。你袒护他的结果是他永远都欺负你。"

明必重复："他是什么也没做。"

另外一名狱警对前一个使了个眼色，两人离开了小屋子。

鲍勃和其他三个被叫了出去，不是因为他们惹了什么麻烦，而是轮到他们登记了。

屋子里最终只剩下明必和那个高个子。高个子显得十分沮丧，他估计会和明必分在一间监舍，他可不想与这么一个整天唉声叹气的人住在一起。

他朝坐在地上的明必扫了一眼,心里又生出几分同情:"嘿,兄弟,有句谚语,If you can not do the time/do not do the crime(你受不了蹲监狱/就别干犯法的事)。"

狱警把高个子带走了。剩下他一个人,没过多久也被带出去登记。

他被安置到了一个双人间的上铺。他铺位的那个犯人今天下午刚刚刑满出狱了。

8

监舍小得可怜,只有区区六平方米。进门的右侧是一个双层铁架床。左侧有一个小铁柜,铁柜隔板下方放着他同室狱友的牙刷和杯子。上面是一个老式的球面电子管电视机,屏幕侧面是一排手动按键。连遥控器都没有的那种老电视。

这么小的监舍,居然有一个不足两平方米的独立卫生间,马桶盥洗池钢镜一应俱全。

同监舍的是个巴基斯坦移民后裔,他叫基普,生在西伦敦,长在西伦敦。他从来没去过他父母的故乡巴基斯坦。

基普是个大块头,体重足有二百五十磅,身材比明必高出一截。他说基普是他名字的缩写,全名太长,他从不透露给别人。

从他来到监舍的第一刻起,基普就对他表示了欢迎。像他一样,基普喜欢聊天,喜欢主动讲自己过去的经历。

他告诉他,之前住在上铺的是个波兰人,非法移民,一句英语也不会说。他们在一个监舍里共处了三个半月,说话的次数用一只手就可以数过来。这样的经历着实让基普憋得够呛,所以他才会一见到明必便呈现出十分热情和健谈的状态。

讲到他自己,他有一肚子苦水。

基普入狱的原因是在缓刑起内违反了规定,自动入狱服刑。这不是他第一次坐牢,也不是第二次,他第五次进监狱。

据基普讲,自己这次入狱是被他的前妻和前妻现任男友陷害了。

"之前,我前妻给我打来电话,你知道吗,这个婊子的电话我是绝对不允许接的,我是在自寻烦恼啊!她连续打了好几次,我犹豫来犹豫去,最后还是像条狗似的接起了电话,我是个软心肠,你懂吗?"

他越说越起劲,索性从铺上坐起来。

"那个婊子养的,她向我哭诉啊,说她现在的男人对她如何不周,去外面勾搭别的女人之类的……再说一遍,我心软,真的心软,我只能安慰她。其实我心里对这个恶毒的臭娘们儿厌恶透了!这个丧良心的东西,我给她吃,给她住,还给她买了块几千英镑的手表,镶了钻石的那种。"

对往事的回忆让基普沮丧,他重又躺下。

"那会儿我们还是夫妻。她穿着我给她买的裙子去俱乐部跳舞,坐在一个陌生男人的大腿上,像个脱衣舞娘似的扭屁股。他妈的,我当时上去就揍了那个男的,一个白人。我差点杀了他,你知道吗?回到家里,我也没轻饶那个婊子,一顿好打!她对我不忠,我就把她的屎都揍出来。"

他把一只脚抬起来,狠狠地蹬一脚床柱。

"她背着我偷偷报了警,把警察放进门,那会儿我还他妈的在床上睡着呢。两个警察都带着家伙,还没等我反应过来,就被那两个畜生警察按住了。妈的判了我半年刑,缓期。一般这种案子都是这个结果,交点罚金就他妈的没事了。但就是那该死的条款,我两年之内不许与我前妻有任何直接或间接联系,就算她找到我,我也只能先给警察打电话,通报或者直接拒绝。"

基普痛心疾首,忍不住再一次坐起来。

"愚蠢啊,我的软心肠害了我,放下电话不到一个小时,警察就找上门,直接把我送进了监狱。一定是那个婊子和她男人串通好的!等我出去,别让我再见到这对混蛋,否则我宰了他们两个!管他呢。"

基普只是接了一个电话,蹲了三个月零二十天的大狱。他的刑期还剩整整十天。

"兄弟啊,我只能告诉你一条真理,"基普用总结性的语调说,"在这个他妈的屎坑一样的国家,你绝不能动女人

牢狱之灾/221

一根手指头，一下也不行！唉，他们这里真拿娘们儿当回事，看在真主的分上。女人都是婊子，你对她们心软，她们却巴不得瞧你受罪呢！"

明必对基普赘述的一切反应漠然，在和鲍勃发生冲突后，他不像开始时那么焦虑了。他眼神透出毅然的坚决，有些无所谓，又有些绝望。他变得宁静了，不再依赖与别人聊天来平衡内心，寻求内心的安宁了。

虽然明必的反应相对冷漠，但他对基普的热情和友善总是微笑相对。

大多数时间里，他选择一个人坐在床上思考问题。只有在吃饭的时候，他会和基普聊上几句。基普为此感到高兴，每次都有些意犹未尽。

明必起得比基普早，先烧一壶开水，泡一杯茶，也为基普泡上一杯。再用热水将毛巾润湿，擦拭身体。

基普醒来时，茶已经冷了。这家伙每天夜里都会看电视，直到深夜。他最中意调解家庭矛盾类的节目，他看得十分投入，每次都期盼着有一个美好的结局。

每当基普全神贯注地盯着电视，明必就在床铺上做仰卧起坐。

铁架床出人意料的厚实、坚固，无论他在床上怎么翻腾，床都几乎不会摇动或者发出让人生厌的响声。所以这丝毫不会打扰到基普。

他还会做俯卧撑，数量不定，一直做到肌肉无法承受为止。有时他还会模仿鲍勃,有模有样地对空挥上几拳。

另外一个显著的变化是他开始正常进食,他的胃口恢复到入狱前的水平。

基普见明必喜欢吃水果,便每次把自己的那份给他。狱里有食品预购登记,预购物品会在一周内交付。比起新鲜的橙子,基普更愿意花钱买橙味汽水。

明必没再尝试与外界联系,这其中包括舒伯特和麦肯锡律师。

他入狱的第九个晚上,也就是再次庭审的前一天晚上,基普和他一同吃了晚饭。与往常一样,明必和他在晚饭时聊了一会儿,主要是基普在讲,他在听。

基普说,待他几天后出狱,他会第一时间回到父母家,先给妈妈一个拥抱,然后美美地享受一顿妈妈地道的巴基斯坦大餐。

几天里,基普默认了明必的沉默寡言,但他还是对明必为什么入狱心存好奇。今晚是他俩最后一晚同住一室。就算明必明天被判了监禁,回到这间监舍的可能性也微乎其微。

他终于忍不住,还是问他了。

明必这一次没有打击他的好奇心,简洁地用几句话概括了自己的入狱原因。

基普说:"原来是这么回事,不算什么,小事一桩!"

明必将自己最后一块饼干给了基普。

基普拿起饼干就吃了起来："听着，兄弟，在我看来，你应该宰了那个叫哈维的家伙！这个杂种认为自己有钱就可以为所欲为了，我见识过！"

明必低着头，没有说话。

基普接着说："谁碰了我的女人，我的女人，如果是用手碰的，那么就是这个家伙最后一次有手了！如果是用他的……"

明必做了一个制止的手势打断了基普："我明白你的意思了。"

基普表情享受地舔了舔自己的手指头，从大拇指舔到中指。他望了望天花板，发出一声长叹。

"不要担心了，兄弟，我下面说的话没有任何冒犯的意思。你的那个女朋友，在我看来，也是个婊子。信我的，是他们两个合起来玩你的！"

明必轻蔑地哼了一声："也许吧。"

明必进了洗手间。

基普还在说："一定是的，我吃过亏。女人啊女人，都他妈是婊子！"

这是基普对明必讲过频率最高的一句话：女人都是婊子。每次听到基普讲这句话，明必便在心中重复一遍。

他从洗手间出来，用毛巾擦了擦手，眼睛盯着窗外。

他说："出狱的感觉是怎样的？"

基普手上正卷着烟卷，漫不经心地回答："没什么特别的感觉。我进进出出那么多次,早就麻木了。"

明必仍盯着窗外。

他说:"你第一次是因为什么进来的?"

基普将烟卷衔在嘴角,拿出火柴,将其点燃。他吸了口烟,咳嗽了几声后,将头转向明必。

"因为什么也没什么要紧,我自己都记不起来了。才19岁,他妈的19岁啊,坐了一年半的牢,想想真是有意思。我都37岁了,再也拿不出那时候的冲劲了。"

基普继续抽着烟。

明必第三次问他:"你19岁干了什么?"

基普仰头看向他,朝他的脸吐了一口烟。烟缕在他的脸上拂过。

基普不紧不慢地说:"我差点杀了那个人,没打中他的头,但我的确准备打他的头,结果一枪打碎了他的肩胛骨。判了我四年!那人没死,但起码吓了个半死……"

他似乎得到了自己想要的答案。他顺着梯子爬到自己床上。

基普仍在自言自语。他已经不在乎他说什么了。过了好一阵基普才安静下来,窝在床上兴致勃勃地看着他最喜爱的电视节目。他这时向下探头。看电视的基普并没有注意到他。

明必用道别式的口吻说:"嘿,基普,很高兴认识你!"

基普懒洋洋地从床上爬了起来,他站在床边,面对着明必，伸出他那肥硕的大手。

"我也是，明天庭上好运！"

明必握了握基普的手："谢谢。我就要回家了。"

明必平躺在床上，合上了眼。基普也钻回到自己的床上，他换了一个电视频道，这个频道正在重播白天的新闻。

基普叹了口气。他伸腿踢了踢床板。

"兄弟，兄弟！"

明必没有应声。

"Hope for best，prepare for the worst（希望最好的结果，做最坏的准备）。"

明必并没有睡着，他听到了基普的话。心里回响的却是另外一句：女人都是婊子。

9

庭审当天，明必在凌晨时起床。基普睡得正熟。他用基普的剃须刀把脸刮了个干干净净，脸上立刻有了生气。他满意地看着镜中的自己，用手轻轻拍打着脸颊。

他烧了一壶水，跟之前几天一样，用热毛巾擦拭了身子，还擦了下身和屁股。他把那条用了十天的破毛巾丢进了垃圾桶。他赤裸着身子开始刷牙，足足刷了三遍，从里到外，一丝不苟，最后把牙刷也扔进了垃圾桶。

他对着镜子整理自己的头发。他把蓬乱的头发统统梳向一边，然后用手压了压，发型看上去比之前要整齐得多。

他穿好衣服，从床边抓来一个橙子，剥了皮，掰成小块塞进嘴里。

他不知道现在几点钟，监舍里没有钟。平时他们要靠电视节目的播出时间，才能确认几点几分，这是基普教给他的。

他怕吵到基普睡觉，所以没有打开电视。他耐心地坐在板凳上，等待着狱警押他去法院。他每一次咽下一口橙子，心里就会重复一句：女人都是婊子。

寂静的走廊里传来清脆的脚步声。他知道，时候到了，狱警来了。

狱警先打开门上的小挡板，用手电筒照了一圈。电光照在他脸上，他下意识地伸手遮住脸。狱警打开牢门，开了顶灯。他快速与明必确认了身份。

荧光灯影响了熟睡的基普，他猛地翻身，将脸朝向了墙。明必凑近基普的耳朵。

"别忘了，生你的也是个女人。"

"去你的，混蛋……"

基普抓了抓耳朵，迷迷糊糊。他分不清是梦境还是现实，胡乱地嘟囔着，重新沉入梦乡。

基普就此与他再无相见。

明必跟着其他几名犯人一同来到监狱的登记处，这是他十天前抵达斯克拉比斯的第一站。

十天以来的一幕在他眼前重现。

给他热布丁吃的罗伯特；绰号杀人者的斯蒂夫；那个给囚徒们发烟的老狱警；善良而富有同情心的斯图；痛快而率性的鲍勃；穿着带血渍裤子的高个子；最后是饶舌而温和的基普。

十天就这样过去了。这是如此漫长的十天。对于明必来说，仿佛过去了十年。

与他同行的这些犯人，有的今天刑满释放，也有的与他一样，面临又一次开庭。

他问了一名押送他们的狱警，狱警告知现在的时间是5点一刻。犯人逐个被搜身检查，之后更衣，换上自己入狱时上交的衣服。

排在他前面的人笑着跟狱警聊起了天，他开心地说自己的妻子和女儿正在外面等他，狱警为他感到高兴。看来押解他们的狱警今天心情不错。他又问明必，是否也是刑满出狱，明必摇头。

他面带微笑："我今天回家。"

狱警露出满不在乎的神态："好吧，你这么想会很开心。但也许今晚你又回来了。"

明必十分坚决地重复："我今天回家。"

他被押上了囚车，关在一个小隔间里。与来时不同，这个小隔间竟然有一扇紫红色的小窗。他倚在窗前，凝视着外面。囚车在停车场停了好一阵才启动。

囚车在监狱内绕行了一圈，监狱的高墙上那些发着光的照明灯已经不再耀眼，因为天已经亮了。明必长呼了口气。囚车终于驶出了斯克拉比斯监狱。

10

明必与律师见了面。他的律师依旧是卡布西耶，那个上次为他辩护的黑人女律师。对此，他并没有什么特殊的反应，面容平静地坐在卡布西耶的对面。

明必早已做好了最坏的打算："有什么变化吗？说吧，我有心理准备。"

"是的，明必。不好的变化，对我们不利的变化……"卡布西耶翻了翻手中的文件，"他们更倾向于原告的证词，所以，如果你今天坚持你之前的证词，法庭很有可能会将你的案子移交给更高级别的法庭，也就是皇家刑事法庭。由于你已经认罪，而且法官认定你不得保释，这也就意味着你要在牢里候审，直到再一次开庭审理。你对此的态度是什么，要移交给更高级别的法庭吗？"

他无法马上做出自己的判断。

"所以，明必，我不知道你现在是怎么想的，但可以肯定的是，你一定不想继续坐牢，不是吗？如果你不想，我的建议是，彻底认罪，认同依依梅和哈维·李证词中的所有指控，这样我们也许会有一线希望。我是说也许，你明白我的意思吗?"

"依依梅联系过你吗?"

"没有。她是原告之一,法律不允许我与她有任何联系。"

他说:"我的朋友——舒伯特——他联系你了吗?"

"他在旁听席上。你入狱后的第三天他就赶来伦敦了,联系了我。"

无论如何,这个消息让明必有了些许释然。无论什么时候,舒伯特总会给他带来必要的心理支撑。

"告诉我,我接来下该怎么做?"

"如果我是你,明必,我会承认被指控的所有罪名。就算你不情愿,也要承认。他们更相信原告,因为那些证据和原告的身份。你需要配合我,你要给法官一种诚恳的认罪态度。要让法官相信,通过这十天的监禁,你对自己的行为有了反省,你要让他们感觉到你为你的罪行悔恨,越强烈越好!我不能保证什么,但我会尽我所能,争取让这个案子在今天宣判。这样一来,就算你要坐牢,刑期也不会很长,社区法庭无权判你超过三个月的刑期。"

明必语气中肯:"我明白了。"

庭上,法官和两名陪审员已经入席。旁听席上的舒伯特,双手交叉,抖着腿,神情紧张。明必被押上被告席,他的两眼盈满了泪水。舒伯特看到他,立即激动地站了起来,向他摆手。

今天是位相对年轻的男法官。原告律师也换了人，是个印度人长相的女人，却是一口标准的伦敦口音。

按照惯例，原告律师开始了陈述，讲的内容与第一次开庭基本一致。唯一的区别，这位女律师没有在证词原有的基础上添油加醋，陈述的口吻也少了几分进攻性，多了几分平和。她对这个案子似乎缺乏热情，一副例行公事的姿态。

年轻的男法官也没有像上次开庭的那个女法官那样情绪化，只是偶尔在自己的本子上做些记录。

明必一直低着头，他的脸上除了眼泪就是眼泪。这引来了法官的注意，舒伯特也向他投来了担忧的目光。

法官无奈，被迫中断了原告律师的陈述。

"明必，你有什么问题？"

明必没有理会法官的问题，继续流泪。

法官看了一眼法警。

法警俯身探向明必，问他怎么了。

他嘴里含混地嘟哝："……"

法警向法官汇报："他说对不起，对不起，都是我的错，都是我的错。"

法官说："他是否可以继续参与庭审？"

法警向明必传达了法官的问题，他勉强地点了点头。他抬头看了看法官席，努力地抑制住自己的泪水。法官决定庭审继续。

原告律师陈述完毕。

卡布西耶开始了辩护。她首先代明必表明了完全认罪的态度，称委托人在狱中的十天里，对自己所犯下的罪行进行了深刻的检讨和悔过。她将手指向了被告席。

"法官大人，您都看见了，我的委托人对自己犯下的过错是多么懊悔。他此前从未触犯过法律，这次犯罪为他敲响了警钟。他为自己的行为感到羞耻，毫无怨言地接受法院对他犯罪行为的惩罚。"

明必没有抬头，不住地抽泣。

卡布西耶说："明必希望能有一次改过自新的机会。他是个受过高等教育的人，还是一位出版过小说的作家。他在事发当时，表现得非常不冷静，他已经清楚地意识到这一点。我诚恳地希望法庭能给我的委托人这样一次机会，让他洗心革面重新做人。"

法官皱着眉头，表情严肃。他不时向被告席扫一眼。

旁听席上的舒伯特双手合十，为他的好朋友闭目祈祷。明必的样子令他心疼。

法官宣布休庭，休庭后进行宣判。

舒伯特征得了法警的允许来到明必面前，他们之间隔着一层玻璃。他激动地拍打着玻璃，把脸贴到玻璃上，声音哽咽。

"明必，我的上帝啊！你还好吗？"

明必擦去眼泪，与舒伯特四目相对，不知道说什么才好。一旁的卡布西耶此时却显得比开庭前轻松了许多,因为她认定自己预先设下的目标已经达到了。

"明必,放心吧,马上就宣判了,不会移交皇家刑事法庭。"

她对明必竖起大拇指。他已经精疲力竭,但还是向卡布西耶做出了回应。

舒伯特问卡布西耶,明必是否要坐牢,卡布西耶表示不清楚。

他转向明必:"没事了,明必,我来接你回家,我们今天就回家!"

明必对舒伯特感到失望,他先前居然对他抱了那么大的期望。现在他不再指望舒伯特能为他做什么了。

休庭结束,法官重新回到他的宝座。他对案件做了简短的综述,评估了案件的性质,最后宣布将对本案进行宣判。

全体庭上人员起立,明必最后一个站了起来,他弓着背。卡布西耶回头看了他一眼,他低头用余光回看了卡布西耶。

法官擎起判决书:"被告明必被判处有期徒刑五个月,缓期一年执行。缓刑期内,明必不得与哈维·李、依依梅两名原告有任何直接或间接接触。如有违犯,被告的缓刑期直接取消,即刻入监服刑。另,如被告在缓刑期间有任何其他违法行为,同样处以缓刑期直接取消,即刻入监服刑。

被告须支付此案的诉讼费八十五镑,罚款一百七十五镑;两项总计两百六十镑。此判。"

法庭寂静了一刻。

法官说:"被告有疑义吗?"

明必愣了一下:"没有。"

明必并没有马上获得自由,而是在法院的牢房里又足足等了四个小时。这段时间他躺在地上睡了一觉。他已经疲惫得睁不开眼睛,所以睡得很沉,很踏实。

法院派人去监狱取来明必的档案和监禁记录,再各项一一核查后,他才得以被释放,最终走出了司法的藩篱。

11

终于重获自由了,明必一走出法院的牢房便看到坐在台阶上的舒伯特。他背对着明必,没有马上发现他已经出来。他站在他背后有一会儿。

他没有招呼他,而是绕到他身前,而且也没有转向他,一直朝前走。舒伯特看见他了,马上起身跟上去。

"明必!明必!"

明必没理会他,继续往前走。舒伯特快走几步,绕到他面前,激动地抱住了他。

他没有伸手回应,面无表情,没有丝毫高兴的迹象。舒伯特这时高兴得快要哭了。

"明必，你这个狗娘养的！你终于出来了，谢天谢地！"舒伯特难以掩饰自己的喜悦，"走吧，跟我回巴黎，离开这个鬼地方。感谢上帝，这一切都过去了，感谢上帝！"

他缓缓地将舒伯特从自己的身上推开，依旧一声不吭地朝马路方向走。舒伯特感到莫名其妙，他追上明必，挡在他面前。

"怎么了，明必？你怎么不说话？你要去哪里？你干吗推开我，你什么意思？难道你不要你的朋友了吗？"

明必还是没有理他，继续前行。舒伯特拦住了他的去路，一只手使劲儿地抓着他的上衣。明必站住，面对着舒伯特。

"你放开，请让我一个人呆着。"

不等舒伯特松手，他猛地扭动了一下身子，舒伯特的手被甩开了。他一脸茫然，看着明必渐渐走远。

远处忽然传来一个熟悉的声音，在明必的耳中回荡。这个声音好像立定的口令，他立刻止步，向声音传来的方向转头。

是莉亚，他的前妻。一身白色装束的她在午后阳光的照射下显得格外耀眼。

明必神情凝重，夹杂着一点意外。他不敢正眼看莉亚。莉亚的眼中含着泪水，仿佛一位母亲与自己的孩子久别重逢，充满了心疼。

牢狱之灾 / 235

莉亚对身旁的舒伯特说:"让我和明必单独聊会儿,本尼。"

舒伯特只能一个人走向路边的长椅。

"明必,你还好吗?"

莉亚眼中的泪水已经流了下来,她强忍着不哭出声,尽可能地用平和的口吻说话。他侧着脸,表情依旧沉重。他不知道怎样回应莉亚的问话。

"明必,我都知道了。抱歉,我没想到会是这样。"莉亚哽咽了,"我该早点给舒伯特电话,也许事情就不会像今天这么糟。"

"这跟你没有任何关系。"

明必语气冷淡。他这样说一点没顾及莉亚的感受。莉亚用袖口擦了擦眼泪,露出温馨的笑脸。

"明必,我愿意照顾你一段时间,如果你不反对的话。我愿意从斯图加特搬回柏林,和你一起,如果你不反对的话。"

"我没想离开这里,谢谢你的好意。"

他看着法院对面的警察局。

莉亚双手抓着明必的胳膊,苦苦地哀求,她恨不得跪在地上。

"明必,离开这里吧!求你了,为了你自己,这里不是你的家,这里没有人会照顾你,这里……"

"请你不要再说了。"

他将自己的胳膊从莉亚的手中抽出。莉亚马上又不顾一切地抓住他。

她带着哭腔央求他:"你不是孤独的一个人,你还有我,有舒伯特。明必,求你了,回来吧,回家吧!"

他挣开了莉亚的手,一把将她推倒在地。长椅上的舒伯特跑了过来,连忙扶起莉亚。

明必对着他们两个,口气决绝:

"我是一个人,一直都是。"

跟伦敦说再见

1

纸钱并没有直接回哈罗区的寓所。他去了和梅森连同打橄榄球那帮伙伴经常光顾的酒吧。时候还早,他独自一人坐在吧台,给自己点了一大杯啤酒。

8点钟左右,梅森、乔还有加西亚他们走进了酒吧。今天是训练日,纸钱知道,他们训练后一定会来这里聚会。

梅森第一个注意到他,走上来亲切地与他拥抱,像老朋友一样。其他几个人也都围了过来。

梅森从他的老婆那里得知了纸钱入狱的消息,很快大家便都知道了这件事情。他告诉纸钱,没有人因此对他有什么特殊的看法,大家依然是朋友,是兄弟。他迫切希望纸钱能够尽快恢复,回到他们中间,重新一起打球。

乔和其他人对具体发生的事情仍抱有很大的好奇心,于是向他询问。纸钱没有心情再聊这个,他的回答明显是搪塞。

梅森见他不想多提,便有意把话岔开。他拍着纸钱的肩膀,说愿意无条件帮助他度过眼下艰难的日子。只要是他做得到的,他都愿为纸钱去做。他的话让纸钱很欣慰,纸钱举杯,感谢在座的每一位。

喝下这一杯啤酒,纸钱挽着梅森的胳膊,将他拉到吧台的一角单独说话。

纸钱脸色有些难看。梅森觉得他有难言之隐,让他不必有任何顾忌,说出来就是。纸钱犹豫再三,还是说出了那个关键的单词——Gun(枪)。

梅森的眼睛一亮,露出一副难以置信的表情。他长吁了口气,在纸钱周围踱来踱去。他忽然从他身边走开,走到加西亚跟前,拉着他走出人群。他和他耳语了几句,两人一同回到纸钱面前。

"这件事,你亲自跟加西亚说。我不要在你们两个人中间传话。"

"加西亚,我需要一把枪,真正的枪,可以杀人的那种。"

他把话说出来了,脸色也不像刚才那么难看了。他整个人现在彻底放松了。

"可以。"加西亚和梅森碰了个眼神,"纸钱,要什么你尽管说。什么型号?"

"型号无所谓,只要是真枪。"

加西亚说:"明白了。但现在的价钱有点高。"

纸钱说:"价钱不是问题。你尽管去找,再贵我也要。我会把我所有的钱都给你。"

加西亚有些诧异地瞄了梅森一眼。

梅森点点头,表示他没有问题。

加西亚说:"也用不了那么多。具体的价钱我拿到东西会告诉你的。什么时候要?"

"越快越好,最好明天。"

加西亚有些为难:"明天?要得那么急,会有些困难。"

纸钱很坚决:"明天,就明天!"

加西亚挠了挠腮帮,踌躇不决。最后他只能答应,说尽最大努力在明天晚上前为他找到一把合适的枪。

纸钱为表感激之情,深深地向加西亚鞠了一躬。加西亚随即离开了,留下了纸钱和梅森站在门口。

梅森把双手重重地搭在了纸钱的肩头。

"很高兴认识你,我的兄弟!"

"我也是。"

梅森将双手从纸钱的肩上拿了下来,伸出自己的右手。纸钱同样伸出自己的右手,两只手紧紧相握。

梅森说:"你确定吗?"

纸钱说:"确定。"

"再见了,纸钱,祝你好运!"

"再见!"

纸钱没再和其他人道别,独自离开酒吧。

2

纸钱回到自己在哈罗区的寓所。

他把自己所有的钱都集中到一起,摊放在桌子上。他盯着这些钱看,然后有计划地将钱分为几份。最多的一份是枪资。

中午,加西亚已经向纸钱告知了碰头时间和地点,也报上了价钱。加西亚自己不会露面,届时会有他安排好的人与纸钱交易。

纸钱把枪资装进一个不起眼的旧信封,他将信封揣在屁股口袋里。他乘地铁去到指定的交易地点。几分钟后,交易的人出现了。他和纸钱简短地对过暗号,接下了那个旧信封。他当面打开,用手指点了点钞票。

他告诉纸钱,前面二十几步左转的小街,那里有四个公共垃圾箱,只有一个是黄色的。箱底的右侧有个牛皮纸袋,里面是一把黑色左轮手枪和已经上了膛的六颗子弹。他嘱咐纸钱尽快,以免出现什么差错。

按照他描述的路线,纸钱迅速找到了手枪。他拎着牛皮纸袋,再乘地铁回到哈罗区的家里。

他把枪从牛皮纸袋中取出,放在桌上。他对着枪发了一会儿呆,然后又把枪放回牛皮纸袋,把纸袋扔进了冰箱的冷冻室。

他看了看墙上的挂钟,时间是6点一刻。他去了浴室,用冷水冲了把脸。他从浴室的橱柜里拿出一瓶深褐色的碘伏溶液,用食指伸进瓶中蘸了蘸,在镜子旁的白墙上写了个阿拉伯数字3。

6点半,纸钱再次离开寓所。

坐了半个小时的公共汽车后,他抵达了黑司街车站。他这次选了一条不常走的路线,稍微绕远了点。他来到梅依依的住处,从街对面眺望那栋他再熟悉不过的房子。

房子的二楼有光透过窗帘,那是他和梅依依的卧室。一楼的客厅亮起了灯,透过大窗他看到了梅依依的身影。

她只穿了一件丝绸睡袍,敞着衣襟,卷着袖管,里面只穿着胸衣和内裤。她手里端着一杯红葡萄酒,在厨房站定。一个男人的身影从梅依依身边掠过,他迅速拉起窗帘。接着,一楼的灯熄了。

他没有再看下去。一切都如他所预料的那样。他按原路返回了车站,乘车回寓所。

次日早上,纸钱早早醒来。他洗了澡,刮了脸,自己对着镜子剃光了头发。他再次拿出碘伏溶液,在昨天下午写的3下面又写了一个2。

他为自己做了一杯热茶,加了少许糖。喝好茶,他看向挂钟,时间是8点一刻。8点半,他准时出门。

与昨天一样,他乘公共汽车到黑司街车站,然后循着新路径步行到梅依依的住所，在昨晚相同的位置站定。

二楼卧室的窗帘和一楼客厅里的窗帘都已拉开，客厅里不见有人。纸钱左右张望了一下，穿过马路，来到房子门前。

他从上衣口袋里掏出一把钥匙，那是当初属于他的那一把。他小心翼翼地插进钥匙，试探着向右拧了一圈，又拧了一圈，门锁打开了。

他轻轻推开门，第一眼便看到一双咖啡色的男士皮鞋，鞋内侧绣着 H. L. 的字样，应该是哈维·李的缩写。他没有再向里面迈步，一步退到门外，关上了门，迅疾离开。

他已经知道梅依依未换门锁。目的达到了，他现在对其他事情不感兴趣。

第三天早上，纸钱重复了昨天的程序，从起床的时间到去测试门锁的时间完全一致。唯一的差别是，他今天在 2 的下面写了 1。

晚上 6 点半，他又去了黑司街，他再次等到窗帘被那个男人拉起，随后返回住所。

从哈罗站到寓所的路上，纸钱路过一家杂货店，他买了一小盒牛奶。老板可能是出于心情好，附送了一份当天的《卫报》。

纸钱将牛奶放进冰箱，然后从冷冻室把装有手枪的牛皮纸袋拿出来，放在桌上。

他看了眼挂钟，关了灯，连衣服也没脱，倒在床上睡去。

第四天早上，纸钱按照闹钟定好的时间，5点一刻准时醒来。他洗了脸，刷了牙，拍了拍自己的光头。他照例拿出碘伏溶液，在1的下面写了一个大大的×。

他做了新茶，这次没加糖，而是加了昨天买的牛奶。他翻阅着那份赠送的《卫报》，这曾是他最喜爱的英国报纸。

5点半，纸钱合起报纸。他从牛皮纸袋里取出左轮手枪。他十分不熟练地打开轮盘式弹仓，很有耐心地数了数子弹的数目。

"一颗。两颗。三颗。四颗。五颗。六颗。"

他退出其中的三颗子弹，慢慢合上轮盘。他没有电影里那些枪手的潇洒自如。他之前没碰过一把真正的枪，更别说为枪装卸子弹。

他把枪放回了牛皮纸袋。皱皱巴巴的牛皮纸袋表皮隐约露出枪的轮廓。他喝下杯中最后一口茶，抓起纸袋，环视了一下房间，转身离开了。

今天早上的公共汽车比往常要拥挤许多。纸钱没能找到一个座位，他艰难地向车的一侧挪步，尝试站在一个离窗口近些的地方，这样他能看到一路上经过的社区，街道，沿街的住宅，店铺，还有教堂，学校，忙碌的人们，赶着去上课的学生。他想尽可能地记住这一切景象，无论是什么，现在看来都变得没那么重要了，因为这些画面将是他记忆中最后的片段。

到达黑司街目的地时，时间是 6 点 30 分整。如果他的估算没错的话，今天是梅依依的工作日，这会儿她应该是刚刚起床，正在浴室里梳洗。再过一刻钟，她将会下楼，去厨房里准备早餐。她一定会先烧上一壶茶，然后再准备点心。对，她还会打开音响，放上一段歌剧之类的音乐。

他掏出钥匙，将牛皮纸袋放在地上，轻轻地打开了房门。进门前，他留意了一眼身后的小花园，小花园一派生机盎然。

纸钱原来的设想，他这会儿该先进到厨房，他应该听得见楼上浴室传出的水声；水流声停止，之后是水流进下水道沉闷的咕咚声。

纸钱应该坐在餐桌旁，把牛皮纸袋安放在餐桌中央。他会听到楼上浴室门闭合的响声；接下来应该是梅依依缓缓从楼梯走下来，直觉会让她察觉到他的存在，她把步伐放得更慢，一级一级向下迈；梅依依应该穿着纸钱的旧衬衫，比起她娇小、精致的身子，衬衫显得格外肥大。这是她每个清晨一成不变的样子，纸钱再熟悉不过了。

他还可以继续想象。

她下楼了，她见到他会是怎样的反应？也许她会与他周旋，拿出她惯常的手段和招数，她还会像以往那样治他于无形吗？

还有那个哈维·李，纸钱不会忘了他也在楼上。也许先下来的是他,也许不是,但他听到下面的声音一定会跟着她下来。纸钱才不会在乎他面对的是一个人还是两个人。两个人正好,他生怕他们不是两个人。

纸钱不能够想象,解决了一个人,再去寻找和解决另一个人。那样太麻烦了。也许老天根本不会给他那么长的时间。

他会平心静气地让他们坐下,让他俩坐到他对面。他不会对他们大呼小喝,他没有这个必要。他能够想象出,哈维·李被吓得尿裤子,吓得浑身抖个不停。梅依依也许不会,她也许会以一贯的强势继续向他发威。那也没有什么大不了,她就是那样一个女人。无论他们两个人怎样表现,都改变不了他们各自的命运。他们的命运都操在纸钱手里。

纸钱获得了极大的满足。所有这些都只是他一瞬间的幻象,因为他根本就没有迈进厨房一步。他从小花园回到门廊,只朝厨房瞄了一眼。瞄了一眼的瞬间。

3

加西亚朋友的枪要价还算合理,这让纸钱余下了大半的钱。

依照纸钱当时的心情,所有的钱已经失去了原来的意义。或者可以说幸好当时有梅森在,加西亚看在梅森的面子上也不会痛宰纸钱。梅森当纸钱是好朋友,而加西亚是梅森的好兄弟。

　　这时候说钱比当时说钱已经大不一样，因为时过境迁。当时的那个纸钱已经不再。那个纸钱为自己设定了倒计时，而倒计时是每个男人都会喜欢的一种游戏。

　　游戏止于游戏。这是游戏最有意思的所在；把游戏当真，游戏便不再是游戏。

　　纸钱其实是个游戏高手。无论他和梅依依的恋情，无论他在警局和法院的歇斯底里，无论他与囚犯狱友的相处，无论他与好友舒伯特的斗嘴，他都显示了一个高手所具备的进退自如的本领。

　　所以他才有那样神奇的瞬间，能够在纵身跳崖之际回身抓住一根藤。

　　他已经跟莉亚告别，跟从巴黎赶来的舒伯特告别，跟梅森告别。伦敦城再没一个值得他留恋的人，也再没给他一个留下去的理由。现在他最需要的是一张机票。

　　机票不是问题，因为钱不是问题。

　　也是机缘凑巧，他在就近的一家旅行社找到了一张当晚去德黑兰的机票。纸钱对伊朗心仪已久，这次的离开刚好是一个机会。

　　剩下的一点钱足够他买一份土耳其卷饼和一张机场快线票。

　　来英国很久了，他这才想起自己竟没去看看泰晤士河。他不想把这个遗憾终生留下，因为他知道他再也不会回来。

他还有时间。他搭上一辆途经河边的巴士。他不想多绕路，河边的第一站他就下了车。泰晤士河真是壮观，河面宽阔到超乎他的想象，也远比他想象的更肮脏。

纸钱独自站着，熙熙攘攘的车流人流在他身后聒噪。他心境很平和，奔腾激荡了许久的心潮回归寂静。他将一直攥在左手的纸袋擎起，放到巨石砌就的堤岸上，再用右手的拇指和食指拎起纸袋的一角，将手臂平伸出去，拇指和食指轻轻撒开。

2016 年 2 月 27 日二稿，西双版纳

后 记

小说有很多种。

在我眼里，无非两种。好的，不好的。

我自认为我写得不好。但对此，我也不是很确定。

总之，我完成了我的第二部小说。

我的处女座是个好小说。我愿意这么说。

我不会解释，只是感性判断。

后记很像遗言，是我对这个小说说的最后一些话。这个小说不是我的孩子，因为我不会对我的孩子说什么，当我快要死去的时候。

詹姆斯·乔伊斯临终前最后一句："没有一个人懂吗？"

对，死也要死得晦涩。

这样挺好。

马大湾

北京，二零一六年末，雾霾最严重的一天